谷长春／主编

○ 满族口头遗产传统说部丛书 ○

奥克敦妈妈

奥克敦妈妈是满族先民传下来教育子孙的神，她与生育子孙神佛陀妈妈是并列的两个大神。该书以奇特的情节和丰富的想象讲述奥克敦妈妈到处奔波拯救人类的经历，并教育民众要团结有爱、孝敬父母、仗义救人。奥克敦妈妈深受满族各哈拉的崇敬，年年祭祀。

富育光／讲述　　王　卓／整理

吉林人民出版社

满族口头遗产传统说部丛书

爱新觉罗·乌拉熙春 题

满族说部是我国非物质文化遗产的瑰宝

周巍峙 题 丙戌年

满族说部是北方民族的百科全书

九十三翁贾芝

丙戌之春

满族神话中奥克敦妈妈的神偶

满族神话中的先祖佛库伦神像

东海女真人生活在丛山峻岭之中

东海女真人生活的地方

（本业由郑向东、孙志明提供照片）

大神祭中的萨满骨服披肩

吉林省珲春市马滴达乡何玉霖老人
家藏的萨满大神祭百卉神服和鹿角神帽

满族杨宗哲家藏家祭神本子

满族祭祀用的塔斯哈玛虎

满族祭祀用的夫妻神偶

满族祭祀用的追魂面具

恶神耶鲁里玛虎面具

满族野祭雅尔哈玛虎面具
（即神豹面具）

（本书照片除署名外均有荆宏提供）

满族口头遗产传统说部丛书编委会

主　编：谷长春
副主编：林　君　马少红　吴景春
　　　　荆文礼

编　委：（以姓氏笔画为序）
　　　　于　敏　马少红　孙桂林
　　　　邢万生　邵　干　谷长春
　　　　吴景春　林　君　林　毅
　　　　金旭东　荆文礼　赵东升
　　　　曹保明　富育光

编辑部主任：荆文礼（兼）

总序

《满族口头遗产传统说部丛书》在文化部和中共吉林省委、省人民政府的领导与支持下，经过有关科研和文化工作者多年的辛勤努力和编委会的精选、编辑、审定，现在陆续和读者见面了。

中华民族大家庭中的满族，同其他民族一样有着自己独特的文化源流，作为非物质文化遗产的满族传统说部，是满族民族精神和文化传统的重要载体之一。"说部"，是满族及其先民传承久远的民间长篇说唱形式，是满语"乌勒本"（ulabun）的汉译，为传或传记之意。20世纪初以来，在多数满族群众中已将"乌勒本"改为"说部"或"满族书"、"英雄传"的称谓。说部最初用满语讲述，清末满语渐废，改用汉语并夹杂一些满语讲述。在漫长的历史进程中，满族各氏族都凝结和积累有精彩的"乌勒本"传本，如数家珍，口耳相传，代代承袭，保有民族的、地域的、传统的、原生的形态，从未形成完整的文本，是民间的口碑文学。清末以来，我国社会发生了翻天覆地的变化，由于历史的、社会的、政治的、文化的诸多原因，满族古老的习俗和原始文化日渐淡化、失忆甚至被遗弃，及至"文革"，满族传统说部已濒临消亡。抢救与保护这份珍贵的民族文化遗产已迫在眉睫。现在奉献给读者的《满族口头遗产传统说部丛书》，是抢救与保护满族传统说部的可喜成果。

吉林省的长白山是满族的重要发祥地。满族及其先民世世代代在白山黑水间繁衍生息，建功立业，这里积淀着深厚的满族文化底蕴，也承载着满族传统说部流传的历史。吉林省抢救满族传统说部的工作始于20世纪80年代初。在党的十一届三中全会解放思想、拨乱反正精神的指引下，民族民间文化遗产重新受到重视，原吉林省社会科学院有关科研人员，冲破"左"的思想束缚，率先提出抢救满族传统说部的问题，得到了时任吉林省社会科学院院长、历史学家佟冬先生的支持，并具体组织实施抢救工作。自1981年起，我省几位科研工作者背起行囊，深入到吉林、黑龙江、辽宁、北京以及河北、四川等满族聚居地区调查访问。他们历经四五年的艰辛，了解了满族说部在各地的流传情况，掌握了第一手资料，并对一些传承人讲述的说部进行了录音。后来由于各种原因使有组织的抢救工作中断了，但从事这项工作的科研人员始终怀有抢救满族说部的"情结"，工作仍在断断续续地进行。1998年，吉林省文化厅在从事国家艺术科学规划重点项目《十大艺术集成志书》的编纂工作中，了解到上述情况，感到此事重大而紧迫，于是多次向文化部领导和专家、学者汇报、请教。全国艺术科学规划领导小组组长、中国文联主席周巍峙同志，文化部社文图司原司长陈琪林同志，著名专家学者钟敬文、贾芝、刘魁立、乌丙安、刘锡诚等同志都充分肯定了抢救满族传统说部的重要意义，并提出许多指导性的意见。几经周折，在认真准备、具体筹划的基础上，于2001年8月，吉林省文化厅重新启动了这项工程。2002年6月，经吉林省人民政府批准，省文化厅成立了吉林省中国满族传统说部艺术集成编委会，团结省内外一批专家、学者和有识之士，积极参与满族说部的抢救、保护工作。

这项工作，得到中国民间文艺家协会以及黑龙江、辽宁、北京、河北、吉林等省市民间文艺家协会和有关人士的认同与无私帮助，特别是得到了文化部和有关部门的鼎力支持。2003年8月，满族传统说部艺术集成被批准为全国艺术科学"十五"规划国家课题；2004年4月，被文化部列为中国民族民间文化保护工程试点项目；2006年5月被国务院批准为第一批国家级非物质文化遗产名录。这使我们增强了责任感、使命感和克服困难的信心。根据文化部和中国民族民间文化保护工程国家中心有关指示精神，我们对满族说部采取全面的保护措施，不但要忠实记录，保护好文本，还要保护传承人及其知识产权；不但要保护与说部的讲述内容和表现形式相关的资料，还要保护与说部传承相关的文物，从而对满族说部这一口头遗产进行整体保护。我们坚持保护为主、抢救第一的原则，以只争朝夕的精神，组织科研人员到满族聚居地区深入普查，扩大线索，寻源探流，查访传承人，利用现代化手段，通过录音、录像、文字记录等方式采录传承人讲述的说部。在记录整理过程中，不准许增删、编改，只是在文法、句式、史实方面作适当的梳理和调整，严格保持满族传统说部的原创性、科学性、真实性，保持讲述人的讲述风格、特点，保持口述史的原汁原味。

几年来的工作，使我们深感"抢救"二字的重要。目前健在的传承人多已年逾古稀，体弱多病，渐渐失去记忆。就在二三年前，我们刚刚采录完傅英仁、马亚川讲述的说部，还没来得及进一步发掘其记忆宝库，他们就溘然长逝了。一些熟悉往昔满族古老生活的长者和说部传承人，如二十多年前我们曾经访问过的黑龙江省的富希陆、杨青山、关墨卿、孟晓光，吉林省的何玉霖、许明达、关士英、赵文金、胡达千、张淑贞，辽宁省的张立忠，北京市的陈氏兄弟、富察·庄净，河北省的王恩祥，四川省的刘显之等先生都已相继谢世，使其名传遐迩、珍藏在记忆中的说部无以名世，成为永远的遗憾。今天出版这套丛书，也是对他们最好的纪念。

《满族口头遗产传统说部丛书》所选的作品，都是满族各氏族传承人讲述的优秀传统说部的忠实记录，反映了满族及其先民自强不息、勤劳创业、爱国爱族、粗犷豪放、骁勇坚韧的民族精神，具有很强的思想震撼力和艺术感染力，可以说是我国民间文学中的宝贵珍品，具有较高的科学价值。它的出版，不仅是对弘扬我国优秀民族文化遗产，建设社会主义先进文化的贡献，而且也为世界非物质文化遗产保护工程增添了一分光彩。

一、满族传统说部产生的历史渊源

满族及其先民是一个有着悠久历史的古老民族。满族的先民肃慎人自古就在白山黑水一带繁衍。据《山海经》载："东北海之外……大荒山中有山，名曰不咸，有肃慎氏之国。"据《孔子家语》卷四载：肃慎就以"楛矢石砮"为信物贡服于周天子。而后，汉、魏、晋、南北朝之挹娄、勿吉，隋唐之靺鞨，辽宋之女真，明清之满洲，这些同属于肃慎族系，只是不同朝代称谓不同罢了。唐朝初年，靺鞨人曾建立"渤海国"，是北方少数民族的地方政权，史称"海东盛国"。辽代以降，满族先世黑水女真部迅速崛起，其首领阿骨打，承继祖业，敏毖韬晦，扫平有二百余年历史的桀骜恃强的庞然大国——辽王朝，建立了雄踞北方的大金王朝。到金世宗乌禄时代，在文化和经济等诸方面均达到了鼎盛时期，史称"小尧舜"。明末，建州女真首领努尔哈赤统一女真诸部，建立中国历史上又一个东北少数民族地方政权"后金"。其后人又从建立大清国，到打败明王朝，定鼎中原。满族及其先民绵长的一脉相承的历史，是满族传统说部赖以产生的客观基础。

满族是一个创造源远流长、光辉灿烂文化的民族。满族及其先民女真人作为北方边远的游牧、渔猎少数民族，能够两度逐鹿中原，建立政权时间长达420年，对统一中国版图，形成多元一体的历史格局产生了深远影响，做出了重要贡献，这是与其以自己的文化养育顽强、坚毅的民族精神分不开的。一方水土养一方人。满族及其先民历经三千余年的风雨沧桑，世代生活在广袤数千里的山林原野，征伐变乱的砥砺，苦寒环境的锤炼，培育了自己的民族精神与品格，使他们成为粗犷剽悍、质朴豪爽、善歌尚勇、多情重义，"精骑射，善捕捉，重诚实，尚诗书，性直朴，习礼让，务农敦本"（引自《盛京通志》）的民族。渤海的武人颇喜角斗，以骁勇为荣，有"三人渤海当一虎"（引自宋·洪皓《松漠纪闻》）之谚。靺鞨人盛行歌舞之风，其渤海乐不仅传入中原王朝和日本，而且在民间不断延续流传。金太祖完颜阿骨打在对辽作战相当激烈的时候，便命开国元勋完颜希尹创制女真文字，在金朝建国不久的太祖天辅三年（1119年）正式颁行，当时被称为国书。女真有了文字，促进了文化的发展，以歌伴舞在民间广为盛行。有些贵族子弟为求佳偶，常"携尊驰马，戏饮其地，妇女闻其至，多聚观之，间令侍坐，与之酒则饮，亦有起舞歌讴以侑觞者"（见《三朝北盟会编》卷三）。这说明，女真民间一直保持先祖古朴的风俗习惯。随着北宋灭亡，金人大量入关，女真民间歌舞很快传遍中原大地，甚至在金、元杂剧中广为传唱。满洲统治者从建立后金到入主中原，注意保持满族及其先民尚武骑射和语言风俗方面的独立性，努尔哈赤时期创制满文，皇太极时期改革老满文，推动了民族文化的发展。康、雍、乾等几代皇帝，在强调"国语骑射"为治国之本的同时，也注意各民族之间的文化交流与融合，特别是积极吸收汉文化。这是满族传统说部得以滥觞的文化根源。

几度争战几度崛起，几度鼎盛几度衰落，漫长的历史充满着可歌可泣的英雄人物和壮烈悲怆的故事，构筑了深厚的文化根基，从而孕育和产生了古朴而悠久的满族民间口头文学——传统说部。满族说部的形成与传播，历史相当久远。满族先民，在从肃慎、挹娄到靺鞨以及创建大金国的历史过程中，各氏族、部落迁徙、动荡、分合频繁，到明中叶以后，随着女真社会内部矛盾日益尖锐，强凌弱，众暴寡，各部落之间互相争雄，连年战乱，及至进入清代，内部争斗不断，外患与内祸迭起，这使各个氏族都无法选择地交织在历史的漩涡里，涌现众多的英雄人物和感人的业绩。满族及其先民凭借自己对善恶美丑的感受和对社会现象的审视，把一桩桩、一件件值得传诵、讴歌的人和事，详细地记载在各个氏族世代传袭的口碑之中，以此谈古论今。为此，不遗余力地随时积累、记录、采集、传扬本氏族的英雄故事，以光耀门楣，激励族人。满族诸姓氏间，都以据有"乌勒本"而赢得全族的拥戴和尊重，"乌勒本"令族众铭记和崇慕。

满族传统说部的广泛流传得益于"讲古"的习俗。满族及其先世女真人，是一个讲究慎终追远，重视求本寻根的民族。他们通过"讲古"、"说史"、"唱颂根子"的活动，将"民间记忆"升华为世代传承的说部艺术。讲古，就是一族族长、萨满或德高望重的老人讲述族源传说、家族历史、民族神话以及萨满故事等。元人宇文懋昭所撰的《大金國志》中说，女真金代习俗，"贫者以女年及笄，行歌于途。其歌也，乃自叙家世"。这说明在女真时期就有"行歌于途"，"自叙家世"的讲古习俗。据《金史》卷六六载："女真既未有文字，亦未尝有记录，故祖宗事皆不载。宗翰好访问女真老人，多得祖宗遗事。"从中可知，金代初期民间讲古的习俗就很盛行，已引起上层统治者的重视。据《金史·乐志》载：世宗不令女真后裔忘本，重视女真纯实之风，大定二十五年四月，幸上京，宴宗室于皇武殿，共饮乐。在群臣故老起舞后，自己吟歌，"上歌曲道祖宗创业艰难……歌至慨想祖宗音容如睹之语，悲感不复能成声"。世宗及群臣参与"唱颂根子"的活动，势必张扬民间讲古的习俗。满族先人的故事在"讲古"中传播，在传播中又不断被加工、修改或产生新的故事。讲古不单单是本氏族内部的事，各氏族间互相比赛，场面十分热烈。据《爱辉十里长江俗记》中记载："满洲众姓唱诵祖德至诚，有竞歌于野者，有设棚聚友者。此风据传康熙年间来自宁古塔，戍居爱辉沿成一景焉。"由此可见，满族早年讲唱"乌勒本"，是相当活跃的，甚而搭棚竞歌，聚众观之。此景与我国南方一些民族的歌圩相类似。

满族及其先民将"讲古"、"说史"、"唱颂根子"的"乌勒本"，推崇到神秘、肃穆和崇高的地位，考其源，同满族先民所虔诚信仰的原始宗教萨满教的多元神崇拜观念，有着十分密切的关系。原始先民在漫长的社会劳动和生活中，由于生产力的极端低下，无力与强大的自然力抗衡，于是幻想在人的周围有一种超自然的力量主宰一切，并认为自然的东西都有灵魂，是他们控制着人类，给人类带来幸福，也带来灾难。正如恩格斯所说的，"由于自然力被人格化了，最初的神产生了"。这就是万物有灵论和原始神话。原始先民有了原始信仰和原始神话，便利用各种方法举行祭祀，向神灵祈祷、膜拜，于是产生了原始宗教，即萨满教。在萨满教诸神中，除自然神祇、动物神祇（包括图腾神祇）外，最重要而数目繁多者便是人神，即祖先英雄神祇。宗教与民俗从来就是形影相随的，"讲古"的习俗与萨满教的祭祀仪式结合了起来。满族及其先民以讲唱氏族英雄史传为中心主题的说部艺术，正是依照传统的宗教习俗，对本族英雄业绩和不平凡经历的讴歌和礼赞。人们对祖先英雄神，供奉它，赞美它，毕恭毕敬，祈祷祖灵保佑族众，荫庇子孙。萨满教极力崇奉祖灵，亦包括对本族历世祖先和英雄神祇的讴歌与缅怀。所以，在萨满祭祀中，有众多歌颂和祈祷祖先神祇的神谕、赞文、诗文和祷语，亦有叙事体的长篇祖先英雄颂词。满族及其先民的"颂祖"、"讲祖"礼俗，世代承继不衰，是因为把勉励子孙铭记祖先创业艰难，承继祖德宗功，继往开来，奋志蹈进，作为祖先崇拜的根本目的和信条。特别是乾隆十七年颁布的《钦命满洲跳神祭天典礼》，统一了萨满祭规，使萨满祭祀变成家族祭祖活动，把祖先崇拜推向高峰。经年累世，各氏族在集体智慧的滋育下，赞文日益丰富扩展，情节愈加凝炼集中，使之逐渐升华为长篇祖先颂歌。这也成为满族传统说部的一种源流。

二、满族传统说部的本体特征

满族传统说部经过千百年来的创作、传承和演变，形成了独特的表现空间和表现形式。满族先民自古"无文墨，以语言为约"（《太平御览》卷七八四），所以，说部是以口头形式产生和传承的，讲唱内容全凭记忆。最初记述手段，用一缕缕棕绳的纽结、一块块骨石的凹凸、一片片兽革的裂隙，刻述祖先的坎坷历程。这便是说部的最古老的形态，也叫"古本"、"原本"、"妈妈本"。满族人将这种"妈妈本"尊称"乌勒本"特噶。古人就是通过望图生意，看物想事，唱事讲古的。随着社会的发展，氏族中文化人的增多，满族说部的"妈妈本"逐渐用满文、汉文或汉文标音满文来简写提纲和萨满祭祀时赞颂祖先业绩的"神本子"。讲述人凭着提纲和记忆，发挥讲唱天赋，形成洋洋巨篇。

满族传统说部内容丰富，气势恢宏，它包罗天地生成、氏族聚散、古代征战、部族发轫兴亡、英雄颂歌、蛮荒古祭、生产生活知识等，每一部说部都是长篇巨著。满族说部之所以如此厚重，主要有以下三个方面的因素：

（一）关于记录和评说本氏族所发生的重大历史事件的说部，具有极严格的历史史实约束性，不允许隐饰，以翔实的根据来讲述；

（二）说部由氏族中德高望重、出类拔萃的专门成员承担整理和讲述义务，整理和讲述时吸收了众人谈资，所讲内容全凭记忆，口耳相传，无固定文本拘束，因而愈传愈丰愈精，是群体创作的累积；

（三）具有民间口头文学的生动性。说部多由一个主要故事为经线，辅以多个枝节故事为纬线，环环相扣，错综复杂，又杂糅地域的、民俗的奇特情景，加之口语化的北方语言，因而有深厚的文化积淀和感人的艺术魅力。

据我们掌握的三十余部满族说部来分析，从内容上可分为四种类型：

（一）窝车库乌勒本：俗称"神龛上的故事"，是由氏族的萨满讲述，并世代传承下来的萨满教神话和萨满祖师们的非凡神迹。窝车库乌勒本主要珍藏在萨满的记忆与一些重要的神谕及萨满遗稿中，如黑水女真人创世神话《天宫大战》、东海萨满创世史诗《乌布西奔妈妈》、爱辉地区流传的《音姜萨满》、《西林大萨满》等。

（二）包衣乌勒本：即家传、家史。如富察氏家族富希陆、傅英仁从爱辉、宁安传承的姊妹篇《萨大人传》和《萨布素将军传》（又名《老将军八十一件事》），黑龙江省双城县马亚川先生承袭的《女真谱评》，河北石家庄王氏家族传承的《忠烈罕王遗事》，乌拉部首领布占泰后裔赵东升先生承袭祖传的《扈伦传奇》，富氏家族传承的《顺康秘录》、《东海沉冤录》，傅英仁先生传承的《东海窝集传》等。

（三）巴图鲁乌勒本：即英雄传。满族说部有关这方面的内容很丰富，可分为两大类：一是真人真事的传述，如金代的《金兀术传》，明末清初的《两世罕王传》（又名《漠北精英传》）、《雪妃娘娘和包鲁嘎汗》，清中期的《飞啸三巧传奇》等；一是历史传说人物的演义，如《乌拉国佚史》、《佟春秀传奇》等。

（四）给孙乌春乌勒本：即说唱故事。这部分主要歌颂各氏族流传已久的历史传说中的英雄人物，如渤海时期的《红罗女》、《比剑联姻》，明代的《白花公主传》以及民间说唱故事《姻缘传》、《依尔哈木克》等。

满族传统说部在长期流传中形成了自己独特的风格，凝聚了有别于其他口头文学的鲜明特征。主要表现在：

（一）讲述环境的严肃性。各氏族讲唱"乌勒本"是非常隆重而神圣的事情。一般在逢年遇节、男女新婚嫁娶、老人寿诞、喜庆丰收、氏族隆重祭祀或葬礼时讲唱"乌勒本"。讲唱"乌勒本"之前，要虔诚肃穆地从西墙祖先神龛上，请下用石、骨、木、革绘成的符号或神谕、谱牒，族众焚香、祭拜。讲述者事前要梳头、洗手、漱口，听者按辈分依序而坐。讲毕，仍肃穆地将神谕、谱牒等送回西墙上的祖宗匣子里。这一系列程序表明有严格的内向性和宗教气氛。不像平时讲"朱奔"（意为故事、瞎话）那样随便地姑妄言之，姑妄听之。

（二）讲述目的的教化性。满族传统说部与萨满祖先崇拜的敬祖、颂祖、祭祖观念密切相关。讲述祖先过去的事情，都是真实地记述，是对祖先英雄业绩的虔诚赞颂，不允许隐瞒粉饰和随意编造，否则则认为是对祖先的不敬。讲唱说部的目的，不只是消遣和余兴，而是非常崇敬地视为培育儿孙的氏族课本和族规祖训，是对族人进行爱国、爱族、爱家的教育，起到增强氏族凝聚力的作用。因此，讲述内容、目的以及题材艺术化程度，均与话本、评书有较大区别。

（三）讲述形式的多样性。满族传统说部多为叙事体，以说为主，或说唱结合，夹叙夹议，活泼生动，并偶尔伴有讲叙者模拟动作表演，尤增加讲唱的浓烈气氛。从《萨大人传》和《飞啸三巧传奇》中我们可以看出，有说有唱，甚至还记录了讲唱的曲谱。讲唱说部关键在于说，说讲究真、细、险、趣四个字。真，即真实，故事情节合情入理，真实可信；细，即细腻，绘声绘色，细致入微；险，即惊险，突出关键的地方，有悬念，有艺术魅力；趣，即语言要风趣幽默，使人发笑。说唱时多喜用满族传统的以蛇、鸟、鱼、狍等皮革蒙制的小花抓鼓和小扎板伴奏，情绪高扬时听众也跟着呼应，击双膝伴唱，构成跌宕氛围，引人入胜。

（四）传承的单一性。满族传统说部的承继源流，主要以氏族中的一支或家庭中直系传承为主，虽有师传，但多半是血缘承袭，祖传父，父传子，子子孙孙，承继不渝，从而保持了说部传承的单一性与承继性。《萨大人传》是富察氏家族的祖传珍藏本，其传承顺序是：富察氏家族第十一世祖、清道光朝武将发福凌阿传给长子、爱辉副都统衙门委哨官伊郎阿将军；伊郎阿又传给长子富察德连；富察德连又传给其子富希陆和其侄富安禄、富荣禄；富希陆又传给长子富育光。一般来说，讲唱人大都与说部所宣扬的事件及其主人公有直系血缘关系，他们既对本氏族历史文化有一定的素养，又谙熟说部内容，并有组成说部题材结构的卓越能力和创作才华。《扈伦传奇》的传承就是很好的证明，其最早的传承人乌隆阿，纳喇氏第十一代，他把家史传给曾孙德明（五品官，通今博古），德明经过梳理后传给其侄十六辈霍隆阿（笔帖式），再传给十七辈双庆（五品官，精通满汉文），下传伊子崇禄（八品委官），二十辈的赵东升继承祖父崇禄先生，对家史进行整理。这些传承人都有高深的文化和创作才能。他们把记忆和传讲自己的族史视为己任，当做崇高而神圣的事情，世代不渝。他们在氏族中自行遴选弟子或由自己的后裔承继传诵。传承的方法是口耳相传，心领神会。所以，传承人在满族说部的纵向传承与横向传播的过程中，为保存民族文化遗产做出了应有的贡献。可以说，没有传承人，就没有满族说部。

（五）流传的地域性。满族说部在一些地域流传过程中，深受广大群众喜爱。因此，有的说部逐渐脱离原氏族的范围，被众多氏族传承诵颂，如《尼山萨满传》、《红罗女》、《飞啸三巧传奇》、《双钩记》（又名《窦氏家传》）、《松水凤楼传》、《姻缘传》等，在长期传诵中，已成为该地域更多姓氏甚至外族群众讲述的书目，并代代传承。

满族传统说部和其他口头文学一样，在流传过程中也有变异性。在传播中，传承人根据自己对讲述内容的认识和理解，不断加工、升华，从而产生新的故事纲目。特别是，随着氏族的繁荣，分出各个支系，每个支系都有自己的传承人，在讲述内容和形式上也有了变化。所以在不同的支系、不同的地域出现了不同的传本，如《红罗女》在黑龙江省牡丹江一带流传《比剑联姻》、《红罗女三打契丹》，而吉林省的东部就有《银鬃白马》、《红罗绿罗》等不同传本，这是正常的现象。说部在传播中演变，获得新的发展，并吸收汉族的评书和明清小说章回体的特点，这正是满族传统说部具有顽强生命力的表现。

三、满族传统说部的价值和意义

满族传统说部，是满族及其先民在一定历史时期、一定社会中的一种意识形态的反映，其中蕴藏着丰富、凝重的社会、历史内容。

满族传统说部具有历史学价值。满族传统说部大都是以古代英雄人物为中心、以历史事件为背景编织而成的，是述说满族及其先民各个部落、氏族的兴亡发轫、迁徙征战、拓疆守土、抵御外患等"先人昨天的故事"。如《萨大人传》、《东海窝集传》、《扈伦传奇》等所讲述苦难的经历，不朽的宗功，都从不同的侧面反映了各个氏族充满血泪、卓绝斗争的雄浑壮阔的历史。从各个氏族的说部中，能使人更好地了解到满族及其先民是怎样从遥远的过去走过来的，经历了哪些曲折坎坷和历史沧桑，而且比起正史有更多底层人民群众的历史活动和当时社会各层面的具体细节。高尔基说："如果不知道人民的口头创作，那就不可能知道劳动人民的真正历史。"说部的历史价值在于它是原生态的历史记忆，是"那时"民间留存下来的口述史。满族的先世在没有文字时，许多史实都靠各个氏族的说部代代相传，据《金史》卷六六载："天会六年（1128年）诏书求访祖宗遗事，以备国史。命勖与耶律迪越掌之，勖等采撷遗言旧事，自始祖以下十帝，综为三卷。"金代统治者重视采集民间遗闻旧事，并根据民间传说给始祖以下十帝立传，编入金史，这是满族说部为民间口述史的很好证明。满族说部是满族及其先民用自己的声音记述自己的历史，对各个部落、氏族重大事件的生动描写，细致记录，很多实事是鲜为人知的，有的补充了史料之不足，有的供专家研究或可匡正史误。说部以浩瀚的内容、恢宏的气势展示北方民族生动、具体的历史画卷，提供了各个历史时期活生生的人文景观。在《两世罕王传》、《扈伦传奇》、《雪妃娘娘和包鲁嘎汗》中记述了明朝与女真的交往、马市的内幕、东海窝集部与乌拉部的关系、扈伦四部争锋角逐、努尔哈赤创建八旗对女真的分化等等，都是各部族祖先的亲身经历。这对满族史、民族关系史、东北涉外疆域史的研究，都有见证历史的特殊价值。

满族传统说部具有文学审美价值。满族传统说部之所以能够世代传承诵颂，因为它具有独立情节，自成完整结构体系，人物描写栩栩如生、有血有肉,是歌颂克难履险、不畏强暴、能征善战、疾恶如仇的英雄的壮丽诗篇,充满了对英雄的崇敬,对美好生活的向往。说部中讲述的故事曲折生动,扣人心弦,语言朴实无华,简洁明快,具有感人至深的艺术魅力。许多说部都展现了浓郁的民族风韵,朴素、剽悍的独特风格,贯穿了反抗强权、除暴安良、保家卫国、急公好义、扶危济贫、知恩必报的积极主题,突出体现了满族及其先世的人文精神。它对启迪人们的智慧,端正人们的品格,鼓舞爱国主义思想,增强民族自豪感,有着潜移默化的作用。满族传统说部中反映的内容,与人民息息相通,因而受到北方各族群众的欢迎和享用。像《尼山萨满传》、《萨大人传》、《雪妃娘娘和包鲁嘎汗》、《松水凤楼传》等故事早已在达斡尔、鄂温克、赫哲、鄂伦春、锡伯以及汉族中广泛流传,只是过去没有被发掘而已。说部的创作不排除有被流放到北疆的高官和文化人的参与,如《飞啸三巧传奇》把北方民族抗俄守边的斗争与宫廷斗争相联系做了具体生动的描写,就可见流民文学的影子。满族传统说部创世神话《天宫大战》,反映了原始先民与自然力的抗争,歌颂了掌管日月运行、人类繁衍的三百女神与恶神进行惊心动魄地鏖战,是我国史前文化的重要遗迹,可以同世界诸民族的古神话相媲美,丰富了世界神话宝库。满族传统说部中的史诗《尼山萨满传》和有着六千余行的萨满史诗《乌布西奔妈妈》,以北方民族的独特语言,瑰丽神奇的情节,宏伟磅礴的气势,歌颂了萨满的丰功伟绩,具有很强的震撼力。可以说,满族说部是满族及其先世的史诗,是民族文化的精华和古卉,是我国和世界学术界研究满族及其先民历史和文化的不可或缺的宝贵资料,填补了我国民间文学史的空白。

  满族传统说部具有民俗学价值。满族及其先世,在长期社会生活中,主要靠口碑传承生产、生存经验。在《飞啸三巧传奇》、《雪妃娘娘和包鲁嘎汗》中介绍了用桦树皮造纸、皮张的熟制、不同兽肉的制作和保鲜、鱼油灯的制作过程等古老工艺,还介绍了北方各种草药的药性和采集,北方少数民族的海葬、水葬、树葬等民俗。在《天宫大战》中介绍了祭火神,"跑火池",在《两世罕王传》中记述了明末清初一种娱柳活动——"跑柳池"等等。因此满族传统说部,为我们展现了满族及其先民等北方诸民族沿袭弥久的生产生活景观、五光十色的民俗现象、生动的萨满祭祀仪式和古时的天文地理、航海行舟、地动卜测、医药祛病以及动植物繁衍知识等，特别是有关生产知识、操作技艺，往往通过故事中的口诀和韵语得以传承。这为研究北方诸民族的人文学、社会学、民俗学、宗教学等学科提供了具体、真实、形象的资料，使这些学科得到印证、阐明和补充。所以，有些专家称满族传统说部是北方诸民族的"百科全书"，其言不为过誉。

满族及其先民，数千年来，在亚洲阿尔泰语系乃至通古斯文化领域里，做出了不可泯灭的贡献。特别是有清二百六十余年来，为世界文化保留了浩瀚的满学典籍及各种文化遗产，满语的翻译历来为世界各国学者所青睐，满学已成为民族学、语言学的重要学科。满语因久已废弃，现存满语仅是清代书面语的沿用。近年来，我们采录了黑龙江省孙吴县78岁的何世环老人用流利的满语讲述的《音姜萨满》、《白云格格》等满族说部，它向世人重新展示了久已不闻的仍活在民间的活态满语形态，这对世界满学以及人文学的研究是弥足珍贵的。除此，在满族传统说部中还保留着大量的环太平洋区域古老民族与部落的古歌、古谣、古谚，故而具有丰富世界文化宝库的意义。

满族传统说部作为民间口述史，其中对历史的记忆也会有不真实、不准确的地方，但它毕竟是民间口头文学而不是史书，作为信史虽不排斥传说但不可要求口头传说与史书一样真实可信。满族及其先民由于受历史的局限和各种思想的影响，在说部中难免有不健康的东西和封建糟粕的成分，但这不是主流，它和所有非物质文化遗产一样，自有其存在的价值。我们把满族传统说部原原本本地奉献给广大读者，相信在批判地继承民族文化遗产的原则指引下，一些不健康的东西会得到剔除。我们在采录、整理、校勘、编辑过程中难免有所疏漏，敬请读者批评指正。

我们抢救、保护和编辑、出版《满族口头遗产传统说部丛书》，是为了贯彻落实党的十六大精神和"三个代表"重要思想，传承中华文明，发展社会主义先进文化，为建设社会主义精神文明和构建和谐社会尽绵薄之力，希望这套丛书的出版能发挥它应有的作用。

2006年6月

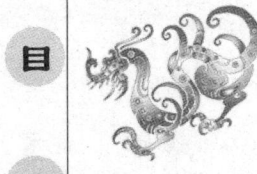

目录

满族传统给孙乌春"乌勒本"
——《奥克敦妈妈》传承概述 ………………… 001

引歌 ………………………………………………… 001
序歌 ………………………………………………… 003
乌米亚罕最有能耐 ………………………………… 009
古老的尼雅玛乌春 ………………………………… 021
奥克敦妈妈燃起智慧之光 ………………………… 031
奥克敦妈妈教会撒第一把谷籽 …………………… 067
奥克敦妈妈教练使用"甩石"和弓矛 …………… 074
奥克敦妈妈立下严苛规矩 ………………………… 079
山中跑来一个小怪物 ……………………………… 087
芒嘎拉霍通之战 …………………………………… 096
奥克敦妈妈传授弯弓盘马 ………………………… 116
奥克敦妈妈常留人间 ……………………………… 125

后记 ………………………………………………… 143

满族传统给孙乌春"乌勒本"
——《奥克敦妈妈》传承概述

富育光

《奥克敦妈妈》又称《奥都妈妈》或《七人八马的故事》，在满族众姓世代虔诚信仰的萨满原始祭礼中，除日月星辰及达拉呆敏鹰神等诸种自然和天禽神祇，便将奥克敦妈妈列为祖先人神之首，是萨满神坛上出现最早的唯一一位女性大神，位极显赫，备受敬仰。相传奥克敦妈妈与日月同庚、天地同岁，有九个乳峰，四海生人永远吃不完她那甘甜的奶汁；她有无数妈妈的慧心，饲育万千儿童个个肥胖健壮；她持家有方，智勇双全，是管家神、畜牧神、保婴神、无畏的战神。在满族及其先世女真人的神龛上，她与脍炙人口的《恩切布库》《西林安班玛发》并列为《天宫大战》原始创世神话中所属的三大神话，讴歌的是各怀非凡神功和神职的宇宙三尊远古大神。

我瑷珲富察哈喇家族，传讲起满洲给孙乌春"乌勒本"《奥克敦妈妈》，缘起于清光绪末年祖母富察·美容之口。祖母姓郭霍洛氏，名美容，满洲正白旗，生于清同治十年辛未（1871），乃卜奎（齐齐哈尔）商贾名门之女，其先世伯父、爷爷均是卜奎当地有名气的萨满。后来，郭霍洛·美容奶奶出嫁到大五家子托克索，嫁于富察哈喇望族穆昆达富察德连为妻，便将她掌握的民族文化珍贵遗产带到了我们家族。先父常喜追忆奶奶为人。富察哈喇德连乃"连"字辈中排行居长，为阿浑达[①]，同辈兄弟九人，有妻室者七人。其中，各房妻室中最受阖族尊崇者为德连妻富察·郭霍洛·美容奶奶，因位尊居长，众人仰之。早年，富察氏家族人丁兴旺，男子甚多，而且阖族各支富门未嫁和待嫁女亦甚众。"连"字辈之下尚有众多"禄"字辈者后人，有家室者已有数人。

---

① 阿浑达：满语，兄长。

据老人追忆，清咸丰、同治两朝当地谱房子记载，富察氏阖族大小男女三百余口，截至光绪中期后，受疫病与庚子俄难折磨，丁口锐减，临近二百余口有差矣。富察氏家族世重族规，礼仪严谨。精骑射，习礼让，每日按时到各支长辈处问安叙礼，必不怠慢迟误；平日待人接物都讲究仪容。长辈对晚辈的抚爱、管教、嘱咐，一一不可疏忘。总之，凡事要显出大家风范。奶奶为一门长妇，事事处处，不分巨细，必为人先，且言语、声音、处事、礼节均受赞美，谦恭备至。奶奶身形轻盈，勤勉务实，屡受阖族好评，深得众姐妹和晚辈的亲近和尊敬，使身为阖族总穆昆达的畏根德连大人光彩不已。

奶奶擅长歌舞，记忆力好，口才好，知晓满洲"乌勒本"书段子最多。祖母在20世纪30年代前后，为黑龙江畔瑷珲一带满、汉、达斡尔、鄂伦春等民族所熟知，是当地著名的满族说部"乌勒本"讲唱色夫。她承继了其父祖传咏下来的满族说部"乌勒本"，如《飞啸三巧传奇》《雪妃娘娘和包鲁嘎汗》《莉坤珠逃婚记》及《西林安班玛发》《奥克敦妈妈》等，都是由郭霍洛·美容奶奶传讲流传下来的。逢年节时，奶奶最繁忙。车来马去，到处迎请大奶奶过府去讲"乌勒本"。她的日程排得很紧，送上门的红字烫金请帖总有数十张，由爷爷看后，挑选名门或有商旅往还的至交中无法推辞者，命总管家人和女眷护送前往。这可是最光彩的露面！奶奶声名远扬，瑷珲和省城卜奎都知富察·美容大名。故此，奶奶备受阖族上下敬慕。

1930年秋，爷爷在故乡大五家子老宅病逝，1932年之后，奶奶主持家务，讲述"乌勒本"之任完全系于一身。尽管她常年在老宅里协助照料二女小荣的众儿女，不得歇息，且常犯心口疼病，夜不能寐，但为大五家子本族上下讲述"乌勒本"故事，却始终春秋如故，听者乐聚，仍不减德连在世时之盛。

1940年，应其独生爱子、先父富希陆之请，奶奶赴先父在任的孙吴县四季屯居住三年，为四季屯满族人家讲唱了多部"乌勒本"，先父皆做详记。

1944年春，奶奶返回故乡大五家子二姑家。当年旧历腊月，奶奶突然病重，先父希陆接信急速由已调任的孙吴镇兴隆村小学乘车返回故乡，探视母病。其间，奶奶偶尔心情兴奋，便愿唱讲各部"乌勒本"选段，以消病缠，其情其韵不减当年。先父与其二姐富察小容及姐夫张石头并其子女月娥、胜斌、胜奎一家，泪听"乌勒本"。这便是先父后来常常追忆的肝肠痛事。奶奶最后一次卧炕讲述《奥克敦妈妈》，就是在黑龙江畔大五家子富察氏老屋。1946年春奶奶病逝，《奥克敦妈妈》竟成永久留念。

先父自幼受祖父母的教诲，酷爱民族文化遗产，因他从小通晓满文满语，与瑷珲地区属于阿尔泰语系满语支的鄂伦春、鄂温克、赫哲族老少兄弟促膝谈心，经年累月，与各族猎民交友至深，帮助整理家传轶文笔记，记录众多民歌、民谣和讲唱数日数月的长篇口碑传说。先父的采风情怀，对我们兄弟影响甚深。我与弟弟妹妹们，有时也能帮助先父收藏和归拢零散的文稿，成为我们生活中的乐趣。悲莫悲兮，好景不长，1947年春，慈母病逝。这是对先父和我们兄妹莫大的沉痛打击。俗云：伉俪谐和，方为家室。先父丧偶，兄弟失母，窘相交加。先父素为我入学蒙师，从孩提至小学乃至17岁中学毕业，一直为立身之师，对我待人接物、选贤择友，严苛问学，从未少懈耳。尽管面临痛苦的遭遇，当年仍让我考入中学深造。1951年以优异成绩选送齐齐哈尔师专进修，次年为黑河中学教员。1954年考入长春东北人民大学。先父在农村供销社繁忙的工作之余，始终牢记慈母生前的叮嘱，常常忘记歇息，一有空隙，便从未疏忘对满族"乌勒本"遗文的钩沉和追记。凡有暇时，便找自己二姐夫张石头和本屯老友杨青山等知音，互相启迪、回忆和切磋说部文本诸多遗忘的关键细节，使不少古传文本得以激活。我钦敬这些民族文化守望者，他们对于"乌勒本"的留存功莫大焉。其中，满族传统说部窝车库"乌勒本"《奥克敦妈妈》，就是先父与青山爷爷老哥儿俩，共同追忆、记录、整理重生的。

时维1958年春，我即将于本年秋10月大学四年毕业。回故乡省亲，先父喜迎我这个归乡学子。故乡有了大学生，全族长辈们齐来看望，家舍充盈着从没出现的喜庆声。父亲多么兴奋啊！老人按照富察氏家族故有的传统旧俗，每逢喜庆必说讲满族说部"乌勒本"，何况族中长老和父亲都知我从小就喜欢说唱"乌勒本"，是出了名的小传讲人。这次，父亲特意把他的老哥哥、爱辉诸屯颇有名气的"乌勒本"安班色夫杨青山爷爷邀来了，为阖族助兴。青山爷爷是我最敬重的"乌勒本"说唱尼雅玛，也是我的授业色夫，因我的长大和学成归来，他欢喜得落泪。我终生难忘这一天，在故乡大五家子百年西厢房东暖阁富察氏家族老宅，亲友来得很多，一边饮酒吃鲤鱼馅饺子，一边喜听青山爷爷讲唱"乌勒本"。众长辈兴起，一定让青山爷爷再露一口，多长时间没有听到他洪亮的嗓音啦！青山爷爷也因我回来，不知何日能有这种机遇，老人家高兴地说："好，好！那我唱《奥克敦妈妈》吧！这可是我从你们的奶奶富察老太君那儿学来的最拿手的满洲窝车库'乌勒本'美丽神话啊！"

说来，凡事难以预料，此番相聚真成了永久的怀念。我自那年回家乡聆听青山爷爷讲唱满族"乌勒本"《奥克敦妈妈》之后，回到长春未久，1959年冬亚光弟传来噩耗，受满族诸姓爱戴的青山爷爷秋日无疾而终。

今日，我含泪讲述神圣的满族窝车库"乌勒本"《奥克敦妈妈》，是对奶奶、青山爷爷和众位满族传统文化忠诚守望者的亲切缅怀与纪念！奥克敦妈妈，是满族萨满祭礼中家喻户晓、备受世代崇祀的神威女神。满族及其女真先世素承家规，儿孙们务记"今日之福，当思来之不易"的古训，勉励后世慎终追远，奋志蹈进。《奥克敦妈妈》就是记述满族先人由愚氓走向进化的非凡的开发史，纵情讴歌奥克敦妈妈的呕心沥血。所以，奥克敦妈妈不仅是萨满祭礼中常祀不衰、供奉在灶房西墙上木刻"七人八马"形态的护宅神，而且最尊贵的窝车库"乌勒本"——《奥克敦妈妈》，成为满族世代立身为本、百听不厌的子弟书。《奥克敦妈妈》原为满语，因屯里说满语的年轻人渐习用汉语，说满语的人越来越少，20世纪30年代中叶起，由奶奶改说汉语，听讲者尤众。因其情节深沉，娓娓讲述满族早期的荒蛮固俗，生动活泼，栩栩如生，均倍感亲切。

2013年癸巳秋月，我将讲述全稿交请王卓女士，由她悉心整理问世，谨表谢忱，以飨读者。

2014年2月10日

引 歌

噢依吟哦——
　　妈妈①耶，
噢依吟哦——
　　玛发②耶，
噢依吟哦——
　　阿古③耶，
噢依吟哦——
　　色夫④耶，
噢依吟哦——
　　尼雅玛⑤耶！

欢乐的时辰，
幸福的日子。
兴安松柏的——
　　熊熊篝火燃起来，
朱申⑥众姓的——
　　乌春尼玛琴唱起来。

淑勒乌拉给春窝莫罗西⑦，
塞依堪沙里甘居西⑧。
妈妈赐给我——
　　昊天的歌喉，

---

① 妈妈：满语，奶奶。
② 玛发：满语，爷爷。
③ 阿古：满语，阿哥。
④ 色夫：满语，师傅。
⑤ 尼雅玛：满语，人。
⑥ 朱申：满语，女真。
⑦ 淑勒乌拉给春窝莫罗西：满语，聪慧的孙子们。
⑧ 塞依堪沙里甘居西：满语，俊美的姑娘们。

奥克敦妈妈

妈妈赐给我——
　　　撼兽的舞步。

擂动豹尾槌吧,
震响鲸皮鼓吧,
窝莫罗西,
怀抱悠扬的革突罕①;
沙里甘们,
紧拍悦耳的恰勒其②。

为迎迓,
　　　慈祥的圣母妈妈降临,
　　　祖先留下的古老乌春,
　　　我抖抖精神唱起来。

彩凤来仪兮,
奥克敦妈妈临降兮!
吉祥福康兮,
永世其昌!

哦咧离——
哦咧——哦咧——
哦咧离——
哦咧——哦咧——

---

① 革突罕:满语,两弦琴。
② 恰勒其:满语,扎板。

序 歌

萨哈连乌拉,
是一条淌着白银的河啊;
萨哈连乌拉,
是一条淌着黄金的河啊。

萨哈连乌拉,
是妈妈河啊;
萨哈连乌拉,
是朱申人生命的大宝库啊。

萨哈连乌拉,
生来脾气暴啊,
宽江怒水,
日日涌荡凶涛。

朱申们生来——
　　爱戏水啊,
最喜好——
　　风雷凶涛里任逍遥。

一道道闪电,
一声声惊雷,
鸦鹊,
早已藏匿入密林,
怒浪拍岸,
犹闻笑语喧哗。

白发长髯老舵公，
萨哈连乌拉万事通。
氏族的祥瑞，
子孙的主心骨。

只听白发爷爷一声令，
俊俏的格格们扯篷帆，
健壮的哈哈们齐划桨。
九艘帆船像九支离弦箭儿，
瞬间冲进了大江心。

乌云笼罩里听得见，
手把船舵来呐喊：
"窝莫罗西哎，
沉住气，
心不慌，
快快撒下——
　　　百庹长的白线大网吧，
让江心的鱼儿——
　　　跃满舱！"

真是——
　　　天下奇观，
真是——
　　　开心景象。
一霎时，
江涛翻了天。

江中——
　　　鱼群嬉戏正欢，
忽拉拉，
鱼儿被托出了水面，
惊动百条大小鱼儿——

序歌

满船跃。

像天女散花,
像银燕穿梭,
跃出鲤鱼条条,
鳌花、哲罗满船跳。

顿时,
泛起白浪蒙蒙,
顿时,
船边细浪滔滔。

风吹金穗大地,
涌起谷浪层层。
谷穗飘香,
传来——
　　　笑语绵绵,
　　　歌声阵阵。

时逢新粮上场,
库满仓盈。
麋鹿满圈跑,
肥猪胖难行。

妈妈穆昆——
　　　笑眯了眼,
玛法穆昆——
　　　乐开了怀:

"哈哈济们,
快快备好——
　　　山中的野果,
　　　草地的鲜花,

大把大把的榛子，
　　一捧一捧的都柿，
　　一篓一篓的核桃，
　　一串一串的葡萄。
赶着小马驹儿，
驾着嘞嘞车，
如数交给锅头妈妈。"

七十岁的——
　　萨克达萨玛爷爷，
八十岁的——
　　佛克辛萨玛妈妈，
从去冬到今春，
从今春到秋收，
忙碌了——
　　一冬一春，
　　一夏一秋，
所有祭品——
　　全部备办整齐。

最惦记儿孙的，
还是萨玛神调，
唱得准不准？
萨玛神歌，
记得牢不牢？

整日里，
率领噶珊窝莫罗西，
传乌云，
学萨满。
彩裙铃佩，
神歌悠扬。

奥克敦妈妈

序歌

鞑子香的神烟,
雾绕晴空;
撒面糕的香气,
飘满噶珊。
阖族的盛祭,
神鼓阵阵就开始啦!

萨玛虔诚动鼓迎神灵,
天穹地宇千千位。
鼓点声声——
　　　动天地;
腰铃叮叮——
　　　撼心脾。

祖先们,
要传诵伟大的先人——
　　　奥都妈妈的伟业。
是她为咱朱申人——
　　　开创了生存之路;
是她为咱朱申人——
　　　最先驯养了骏马。

从此,
大河靠行船,
旱路靠征马。
风行千里路,
骏马赛蛟龙。

女真开天事,
业绩震惊雷。

儿孙千百代，
马祭永流传。
世代香烟绕，
常祀永不衰。

奥克敦妈妈

乌米亚罕最有能耐

相传，
在遥远遥远年代，
是达妈妈、达玛发①，
刚刚降生的年代。

在翁古妈妈的——
　　　窝车库神龛上记载；
在翁古玛发②的——
　　　萨满神谕上传讲。

遥远遥远——
　　　洪荒远古时候，
混沌初开——
　　　没有人烟时候。

世上，
只是陌生的——
　　　林莽、怪蛇、猛兽；
一条条喧啸的——
　　　江河、湖泊；
一片片雾茫茫的——
　　　汪洋海流……

年年岁岁，
岁岁年年，
循环不已，

---

① 达妈妈、达玛发：满语，最早的远世祖。
② 翁古妈妈、翁古玛发：满语，曾祖母、曾祖父。

轮回不休。

一天，
主宰天穹寰宇的——
　　　阿布卡赫赫，
与巴那吉额姆、
卧勒多赫赫，
两姊妹女神商量：

"吾等沉寂冷清的世上，
实在欠缺精灵之气。
该有奔放活泼的——
　　　乌米亚罕①，
有执掌大地之——
　　　智者啊！"

两姊妹，
相顾颔首，
心领神会，
异口同声附和：
"所言甚善！"

那么，
执掌大地之智者——
　　　乌米亚罕，
到底该是啥样子呦？
三姊妹神——
　　　一时心中无数。

———————————

　① 乌米亚罕：满族创世神话中特有的理想神祇形态。在古老的萨满原始文化观念中，宇宙皆源于水，水生气，气凝华而生万物，故万物蕴有宇宙精髓之一切特质和优长。乌米亚罕为宇宙精髓之佼佼者。

最终，
三姊妹女神就以
大地穹宇众精灵的特能——
　　　能听、
　　　能看、
　　　能吃、
　　　能走、
　　　能说、
　　　能嗅、
　　　能育。
七功能，
揉萃融华，
捏出了乌米亚罕。

可是，
三姊妹女神尚不满意：
乌米亚罕——
　　　若远超世间万物，
其最大优长——
　　　该在哪里啊？

揣度来，
揣度去，
三姊妹女神，
猛然彻悟：
"对呀，对呀，
乌米亚罕，
应当——
　　　脑容大，
　　　脑子活，
　　　脑子灵，
　　　最善想，

出类拔萃，
无敌于天下，
才更有用啊！"

于是，
赋予乌米亚罕萌生——
　　善想，
与"七能"合曰——
　　"八功"。
从此，
世上有了高明的——
　　人类！

三姊妹女神，
教人勤用"八功"：

千锤百炼，
百折不挠；
累积升华，
日臻完备。

智能与敏思，
相成相辅；
艰辛和汗水，
濡育品格。

刚强无畏，
顶天立地。
技压八方，
智超群牲。

三姊妹非常满意，

赞美曰：

"乌米亚罕啊，乌米亚罕，
你是最擅长——
　　　用脑之人；
大地由此会——
　　　勃勃生机，
　　　世世代代，
　　　欣欣向荣。"

三女神的苦心和祝福，
被地下魔鬼耶鲁里听到，
他最嫉妒，
世间的生气和欢乐，
发狠诅咒，
切齿不容。

耶鲁里，
凭仗着——
　　　身有九头十八眼十八臂，
　　　远超世上一切生灵的智力，
时时，
敢与阿布卡赫赫、
　　　巴那吉额姆、
　　　卧勒多赫赫，
争雄对峙，
妄图，
除掉乌米亚罕，
独揽宇内，
统御万牲。

耶鲁里灵机一动，
便跟阿布卡赫赫，

乌米亚罕最有能耐

打起赌来。
他说：

"尊敬的、
无所不能的——
　　天宇大神啊，
你们造乌米亚罕人形，
何等烦琐笨劣啊！

看我吧，
就靠一蓬蓬老豆秧，
就能迅即改变一切，
让大地变色。"

善良的——
　　阿布卡赫赫，
从来，
都希望，
世间万灵的心肠，
能像她一样，
喜欢恩惠众生。

巴那吉额姆、
卧勒多赫赫，
心中有数，
劝说挚爱的姐姐：

"耶鲁里的心机，
曲曲弯弯；
耶鲁里的心肠，
弯弯转转。
咱们，
可不能轻信，

他的鬼话。"

阿布卡赫赫,
觉察耶鲁里,
又在玩诡计,
在哄骗她们姊妹。
可是,
阿布卡赫赫考虑:

耶鲁里诡计多端,
既要时时警觉,
及时揭穿其图谋,
又不能让恶魔得逞,
因此,
必须在斗智中,
增长擒魔经验。

于是,
阿布卡赫赫,
佯装同意,
跟随耶鲁里,
同下云端,
来在一片大地上,
察看究竟。

身边的卧勒多赫赫小妹,
机灵地嘱咐姐姐当心,
时刻紧伴在其左右,
不错眼珠地,
保护姐姐的安危。

阿布卡赫赫,
巴那吉额姆,

奥克敦妈妈

卧勒多赫赫，
瞧见耶鲁里用手一晃。

大地上，
一片老豆秧秸棵上，
顿时，
神奇地生出——
　　浓浓的白粉、黄粉，
盖住了——
　　老豆秧本来的绿色。

此时此刻，
居心叵测的耶鲁里，
正在作恶：

白粉是严寒的象征，
黄粉是沙漠的象征，
吞噬大地的绿容，
使万物枯死。

唯有靠太阳光辉照耀，
老豆秧碧绿葱葱，
才能茁壮成长，
生出肥硕的豆荚，
供养大地上万物食用。

没有雨露的哺养，
老豆秧秸棵上，
只萌生一片白粉，
那将挡住阳光照耀。

像婴儿断了奶汁，
最终新长成的——

　　　　豆秸嫩芽,
必会——
　　　　萎缩死去。

三女神见此情景,
心如刀绞,
愤怒地说道:
"耶鲁里,
不知痛改前非,
还在作恶!

豆秧本是人畜必备口粮,
如果大地上生不出老豆秧,
世上的人啊,
就少一种食物,
人类怎么活啊?"

阿布卡赫赫三女神,
马上招来风妈妈——
　　　　掀起昊天的飓风,
将盖满大地上一蓬蓬老豆秧上的——
　　　　白粉、黄粉,
迅疾吹净。

就在这时,
耶鲁里,
嗷嗷狂吼,
发淫威道:

"三姊妹,
你们——
　　　　又上我的大当啦!
风,

成了我的帮手，
你们就要——
　　　死在我白色和黄色的，
灾难之中！"

只见一蓬蓬老豆秧上，
所有白粉黄粉，
化成漫天的——
　　　飞雪和黄沙，
铺天盖地——
　　　裹住三女神。

耶鲁里，
妄想借风力，
淹没三女神，
将三女神捏造出来的——
　　　乌米亚罕，
也一并窒息在——
　　　沙雪之中。

耶鲁里罪恶之心，
岂可征服得了，
穹宇三神的——
　　　正义威力；
更迷乱不了，
穹宇三神的——
　　　睿智心窍。

耶鲁里，
这回可真是——
　　　错打算盘，
　　　痴心妄想。

诡计——
　　　终不能得逞，
恶果——
　　　终得恶报。

哪知——
　　　白粉寒雪毒雾，
哪知——
　　　黄粉飞沙走石，
早被三女神姊妹，
一身正气和红光，
　　　驱逐、焚烧净尽，
连同耶鲁里一起——
　　　逃入地下，
再不敢显露——
　　　魔鬼真容。

阿布卡赫赫，
幻化出祥光万道，
遍照环宇，
使天宇，
恢复一片生机。

一蓬蓬老豆秧上，
霎时间生长出，
活跃的小小乌米亚罕，
爬出了秧秸，
玩耍在大地上……

太阳升起，
霞光普照。
乌米亚罕舒展身形，
越长越大，

越长越高。

从此，
才有了尼雅玛——
　　顶天立地的人！

古老的尼雅玛乌春[①]

大地经历了，
一片洪荒汪洋的——
　　年代；
大地经历了，
一片朦胧雾霭的——
　　年代；
大地经历了，
一片苍凉冷酷的——
　　年代；
大地经历了，
一片死寂无声的——
　　年代。

阿布卡赫赫、
巴那吉额姆、
卧勒多赫赫三女神，
为世界造成——
　　万物，
　　万牲，
　　尼雅玛——人。

在生民还不懂，
记载时日的——
　　年代；
在生民还不懂，
辨别冷暖的——

---

① 乌春：满语，歌。

年代,
在生民还不懂,
识用火食的——
　　年代,
在生民还不懂,
方位气象的——
　　年代。

阿布卡赫赫、
巴那吉额姆、
卧勒多赫赫,
合力绥靖穹宇,
打败凶恶暴戾的耶鲁里。

恶魔,
狼狈逃匿地下,
再不敢,
猖狂作害。

破碎的狼藉大地啊,
从此——
　　　得到安歇,
从此——
　　得到喘息,
从此——
　　　得到强壮,
从此——
　　　得到宁静。

一条条溪河,
一片片沃土,
阿布卡赫赫,
用骄阳——

晒洗苔毒；
巴那吉额姆，
用身肌——
　　　填平沟壑；
卧勒多赫赫，
用万星——
　　　撒满天灯。
三姊妹，
同心戮力——
　　　装点着大地。

不知若干斯年，
耶鲁里作恶的毒性，
才散净；
不知若干斯年，
大地，
才烁然苏醒，
焕然一新。

天蓝啦，
沙退啦，
土黑啦，
山青啦，
水秀啦……

大地上，
长出——
　　　嫩绿的蒿草，
生出——
　　　蹦跳的虫蛙，
飞驰——
　　　喧啸的鸟兽，
钻出——

茁壮的树木。

一片片，
一墩墩，
一丛丛，
一簇簇……

煦风、
温雨、
阳光，
照呀照，
把它们照育成为——
　　钻天托云、
　　翠染崖谷、
　　俯瞰苍穹、
　　威武傲然的——
　　　　松柏槐桦、
　　　　柞柳榆荆，
　　　　众兄弟。

遍地开花，
苍茫如海。
草长莺飞舞，
百鸟架巢忙。
肥地里的蘑菇，
阵阵散幽香……

不知若干斯年，
大地上——
　　不单林木葱茏，
大地上——
　　也是鸟兽密集：

鸷禽中的——
　　　鹰鹏，
猛兽中的——
　　　虎豹，
沧海中的——
　　　鲸鲨，
江湖中的——
　　　鲟鳇，
湿沼中的——
　　　蛇蟒，
地穴中的——
　　　凶蛟，
都凭躯体、
　　　利齿、
　　　锐爪，
雄霸一方。

弱肉强食，
以大欺小，
血腥杀戮，
走死逃亡，
散群失伴，
哀声遍野。

堪夸嗡嗡巢蜂，
小小蝼蚁，
求生奔食，
不可貌相。

其志之坚，
其威之巨，
可淹江河，
可噬庞蟒巨鹿。

奥克敦妈妈

生死相依，
本性使然。
众志成城，
锐不可当。

切勿——
以躯小而蔑视；
切勿——
以牲微而讥笑。

自成方圆，
自成天地，
岂可欺之，
岂能辱之。

万牲足多且爬行，
弱肉强食酷无情。
神母思创开天地，
捏出生人方称奇。

双肩担走生涯苦，
头向青天辨风云。
霜刀雪剑何所惧，
顶天立地堪为人。

然而，
不知若干斯年，
兽有兽能，
鸟有鸟技，
鱼有鱼能，
虫有虫技，
稚幼嫩弱者，

仍属乌米亚罕。

尼雅玛,
双脚不如兽,
扬臂不如鸟,
肌体难御寒,
众生唯弱群。

春夏秋冬,
风雷雨雪,
岩石树枝——
　　　刮得身躯鲜血淋漓;
蚊虻虫蚤——
　　　咬得周身疮疤痕痕,
天暖生涯尚逍遥,
尤恨冬雪出洞难。

多少尼雅玛,
饮食无济——
　　　留白骨;
多少尼雅玛,
风霜折磨——
　　　得顽疾;
多少尼雅玛,
虎豹狼虫——
　　　野害欺,
尼雅玛——
　　　僵尸遍地。

大地,
生生灭灭;
大地,
消消长长。

万牲孳衍，
无忧无虑。

最受欺辱——
　　　莫过尼雅玛，
生长迟缓——
　　　莫过尼雅玛，
散乱无章——
　　　莫过尼雅玛，
族群无主——
　　　莫过尼雅玛。

谁来——
　　　帮助尼雅玛？
谁会——
　　　提携和指点迷津？

尼雅玛——
　　　稚弱、被欺凌，
尼雅玛——
　　　深沉呼唤怜悯和护爱，
惊动了阿布卡赫赫、
　　　巴那吉额姆、
　　　卧勒多赫赫三姊妹。

阿布卡赫赫说：
"小树靠栽培，
花草靠抚养，
稚弱的尼雅玛，
也要有裸娘护爱。

盼尼雅玛，
不负厚望，

大有作为,
聪慧的智勇,
远超万牲,
堪能主宰寰宇。"

卧勒多赫赫说:
"是啊,
姐姐说得好。
尼雅玛,
虽已蕴生——
　　远超万牲的智力,
咱们不去开导——
　　仍是枉然。"

巴那吉额姆说:
"尼雅玛,
初生大地,
办事稚嫩,
不晓得——
　　规范生息,
不晓得——
　　书礼习尚,
或受何种委曲也会有的。
那又由谁,
去扶持最方便呢?"

阿布卡赫赫,
卧勒多赫赫,
想了想,
齐声说道:
"你住在地上,
天天跟尼雅玛打交道,
那你该想想办法啊!"

奥克敦妈妈

巴那吉额姆点头应允:
"众姊妹们哪,
好吧。
想当年打败耶鲁里,
耶鲁里最恨咱们的一位后盾。

她可是穹宇,
最古老的妈妈,
力量无边,
智慧无穷,
堪当,
尼雅玛的褓娘。

就让这位妈妈快快去吧,
用她旺盛的——
　　　赤心和热诚,
调教幼稚的——
　　　乌米亚罕、
　　　尼雅玛吧!"
她,就是奥克敦妈妈。

奥克敦妈妈燃起智慧之光

风尘仆仆的——
奥克敦妈妈,
生辰,
与天地同龄,
与日月同庚。
风霜镌刻的容颜,
刚毅伟岸。

数不清的——
  层层脸皱,
数不清的——
  长长银鬓。

饱含记忆的,
炯炯目光,
可算是——
  穹宇中的两面明镜。

她温柔的巨掌,
拥抱过寰宇;
她满脸的皱褶,
亲慰过三神。

阿布卡赫赫、
巴那吉额姆、
卧勒多赫赫,
三姊妹大神,
个个敬意绵绵,
深怀感戴之情。

奥克敦妈妈

当年，
鏖战九头恶魔——
　　耶鲁里，
奥克敦妈妈——
　　劳碌其间。

朝朝暮暮，
为三姊妹，
搬水送食，
来去无影，
迅如闪电，
降妖除魔，
尽心尽力，
让耶鲁里，
恶氛消散。

那时，
奥克敦妈妈，
并没有啥名号，
留在——
　　巴那吉额姆，
身边陪护，
依旧——
　　不嫌不避，
　　忠贞勤勉，
甚赢巴那吉额姆的宠爱。

巴那吉额姆，
敬佩妈妈品格殊伦，
与阿布卡赫赫、
卧勒多赫赫商量，
三姊妹不约而同说：

"善哉，善哉。
妈妈——
　　　最忌恨懒惰，
妈妈——
　　　最喜欢勤快，
凡事务谋昌盛，
称颂奥克敦妈妈吧！"

奥克敦妈妈，
双目似火，
能洞彻万重妖雾；
奥克敦妈妈，
满脸皱纹——
　　　如山峦叠嶂，
镌刻着——
　　　无穷的阅历和智谋。

奥克敦妈妈，
缘何有这般资历？
皆源自，
阿布卡赫赫、
巴那吉额姆、
卧勒多赫赫三女神，
因奥克敦妈妈襄助三神，
战胜耶鲁里有功。

姊妹们最后商妥，
怜惜缥缈散失的、
遭恶魔蹂躏垂亡的——
　　　百花、
　　　百兽、
　　　百鱼、

奥克敦妈妈燃起智慧之光

　　　　百虫——
　　　　　　残魄香魂。
用神光，
抚慰召拢一起，
像厚礼，
送给奥克敦老姐姐。

奥克敦妈妈，
从此长生不老，
宇宙间大小精灵生物的——
　　　残魄香魂，
凝聚到，
奥克敦妈妈一身，
拯铸成，
聪慧、
贤德、
勤勉、
多谋的——
　　　不死奉侍大神。

如今，
奥克敦妈妈，
惋惜地，
告别巴那吉额姆，
泪眼难舍难离。

巴那吉额姆，
动情地说：
"吾何曾舍得尔远行呀，
只因，
尼雅玛需要妈妈。

再赏你沙克沙和莫林①,
做你帮手。
天地赖尔繁荣,
殷祝好自为之!"

从此,
奥克敦妈妈,
带领着机灵的——
　　　沙克沙和莫林,
幻化成姗姗蹀蹀的——
　　　拄杖老太婆,
带俩梳爪髻的小格格,
飞降大地,
来到尼雅玛之中。

老妈妈,
乍到尼雅玛中间,
眼前景象,
使她无限怜爱惆怅。

瞧见,
众多尼雅玛,
像遍野蝼蚁;
尼雅玛,
如此寒苦。

一群群,
一伙伙,
三三两两,
忽东忽西,
茫茫无主,

---

① 沙克沙和莫林:满语,喜鹊和马。

流离奔波。

在沟谷里，
偎缩——
　　　像群貉鼠；
在蒿堆里，
蜷缩——
　　　像群獾猪；
在枯枝上，
蹲缩——
　　　像群寒鸦。

尼雅玛，
一道道惊恐的目光，
不住地惊魂未宁，
盯视四方。
一旦有虎狼鹰蛇响动，
便迅疾逃之夭夭。

忽然，
仰望中走来了，
从未见过的，
一个满脸皱纹的——
　　　老太婆，
还手拉两个——
　　　小女孩。

老太婆把手上一大块鹿皮，
披在尼雅玛身上说：
"盖上吧，
暖和！"

尼雅玛惊奇，

用手比画示道：
"怪呀，
你们从哪儿来的，
咋头次见到你们呢？"

奥克敦妈妈，
笑容可掬，
拍拍心窝，
手点对方说：
"孩子们，
说远——
　　我来自天边，
说近——
　　我来自你们心上。"

奥克敦妈妈，
　　　生就赤热炽烈的——
　　　　　慈母般情怀，
乍知尼雅玛——
　　在大地上如此贫弱，
潸然泪下，
百倍亲昵，
走过来——
　　抱这个，
　　亲那个。

众尼雅玛——
惊惶失色：
亘古频见兽伤己，
哪见世间爱抚情？

霎时反而全跑了，
嘴里边吵边叫：

"神来喽,
鬼来喽,
咋遇上如此模样的——
　　　老婆婆哟!"

奥克敦妈妈
初到大地上,
与众尼雅玛,
一时无法沟通。
疑惑奇怪,
尼雅玛跑什么?

别看奥克敦妈妈,
拄波罗棵大拐杖,
她扬起拐杖一招呼,
十几个——
　　　向前猛劲跑的尼雅玛,
仿佛背后——
　　　伸来巨手薅脖子,
何况沙克沙和莫林,
也在追,
尼雅玛们——
　　　能跑出天边吗?

平时纵有,
小鹿小兔的——
　　　速度,
如今双腿,
如同木桩子——
　　　沉重,
又活像,
让大地咬住——
　　　迈不动,

也挪不开。

一股股无形聚力,
把尼雅玛们,
规规矩矩、
老老实实,
全都给蹲到——
　　老婆婆跟前。

尼雅玛们,
心怦怦跳,
不知所措。
这才觉察到,
有生以来,
头遭遇上了——
　　神婆婆。

只见,
奥克敦妈妈,
一脸皱纹散开,
笑得那么爽朗慈祥。

一不计较,
二不嗔怪。
自拍拍心窝,
动情问道:

"尼雅玛们啊,
你我初来乍见,
互不信任,
情有可原。
但缘何要如此——
　　恐惧逃避呢?"

众尼雅玛,
瞪瞪眼,
抿抿嘴,
半天似有领悟,
拉着妈妈手示意:

"世世代代尼雅玛,
弱体笨脚最遭欺。
惧怕,
任何与尼雅玛——
　　长相不一、
　　不熟悉的人,
相聚怕成祸端。"

奥克敦妈妈关切问:
"是狼,
是虎,
是谁——
常敢欺侮你们?
尼雅玛,
缘何这般冷落,
天天胆战心惊熬时光。"

尼雅玛们很感动,
原原本本,
说给老婆婆:

"尼雅玛生来老习惯——
　　不恋山水亲妈妈。
朝夕相偎送日月,
山南沟北,
有上百妈妈窝。

独树一帜——
　　妈妈窝,
各有严峻——
　　妈妈规。
生死驱逐自裁决,
同气相求同柱徽。

不怕狼,
不惧虎,
虎豹熊狼——
　　　均可躲。

如今,
尼雅玛生聚多,
强欺弱,
大压小,
最怕外敌常袭扰,
找水觅食互残杀。"

有一个大胆的,
老尼雅玛,
舞动着双手,
示问道:

"我活世上,
看过多少——
　　　日出月落,
熟悉四周——
　　　山河崖谷。
该认识的尼雅玛——
　　　实不少,
为啥没有见过——

你们模样呢？"

奥克敦妈妈，
站起身，
示意说：

"噢，
我是——
　　巴那吉额姆天母侍女，
她俩是——
　　机灵的沙克沙和莫林，
受命同到大地上，
一心帮助所有尼雅玛的。"

尼雅玛们听后，
个个兴奋喜悦，
然而依然疑惧，
少顷悄悄离去。

沙克沙和莫林，
拦都没有拦住，
霎时，
藏匿得无影无踪。

奥克敦妈妈很有耐心：
治病——
　　要找到症结；
遇事——
　　要找到缘由。

命展翅千里的沙克沙，
快快化形，
跟随访察：

尼雅玛们，
究竟有何许阻拦？

于是，
一只健美的——
　　　沙克沙，
像箭一般盘旋在——
　　　草莽、
　　　岩洞、
　　　地穴、
　　　丛林。

凡有尼雅玛影子的地方，
不论黎明或者傍晚，
总传来——
　　　喳喳喳、
　　　喳喳喳，
　　　不停叫声。

叫得尼雅玛心醉，
叫得尼雅玛坐卧不安，
无奈何，
露了面。

奥克敦妈妈，
早站在柴门口等着。
一个个拉到——
　　　山坡下芍药坪上。

沙克沙和莫林，
给采来一大堆——
　　　黑葡萄、
　　　核桃、

奥克敦妈妈

　　　　山里红、
　　　　草莓,
一大木槽芬芳的——
　　　　甜蜜、
　　　　小鹌鹑蛋。

野人似的尼雅玛,
哪尝过——
　　　这么多可口美味,
不顾一切——
　　　　尽情地填饱肚子。

奥克敦妈妈豁然开朗:
还是没有走进,
尼雅玛的——
　　　　心灵;
没有成为,
尼雅玛生命中的——
　　　　唯一。

如何赢得尼雅玛信任呢?
奥克敦妈妈,
让沙克沙化形,
悄悄暗察——
　　　　尼雅玛生活之路。

一只长尾白肚囊——
　　　　小喜鹊,
天天飞翔在——
　　　　有尼雅玛们的地方。

小喜鹊喳喳叫着——
　　　　观望着尼雅玛,

小喜鹊知道了——
　　许许多多尼雅玛的故事。

原来，
世上众牲，
瞧不起尼雅玛：

鸟儿凭翅羽，
遍野翱翔觅食；
兽群窜山越涧，
八方猎获美味；
鱼儿江海安家，
何愁饥贫；
百虫娇柔身质，
广采天下甘露；
无忧无虑，
堪比江河，
与群山同岁。

然而，
尼雅玛呢？
众类中，
凭啥能耐全没有啊！

光光的身姿，
站立行走——
　　藤萝刮体身出血，
　　尖石啃足地染红。
　　尤怕冰霜风雨夜，
　　慨叹尸僵梦中魂。

小喜鹊，
喳喳叫，

奥克敦妈妈燃起智慧之光

将信息,
忙禀报。

想当年,
奥克敦妈妈,
侍奉过三女神,
不仅起居饮食,
郁情思绪亦帮助排解。

身经百战,
胸有成竹。
最解胸中闷,
善治心中病。
如今降人世,
安能难住妈妈?

亘古,
尼雅玛,本无教,
愚氓野性任逍遥。
奥克敦妈妈,
受命降世慰黎庶,
凝沙成塔铸天骄。
慈音热语何嫌苦,
殷殷诱导开心窍。

奥克敦妈妈,
忠告众尼雅玛:
"命本无强弱,
贵在锐志坚。
蚁小垒高垤,
蜉游能遮天。"

奥克敦妈妈,

率领众尼雅玛，
来到河滨——
　　观鱼，
来到山冈——
　　观鹿，
来到湖畔——
　　观獭，
来到草丛——
　　观蜂。

尼雅玛窝里，
头一次
出现了，
会心的笑声。

奥克敦妈妈，
为乘胜开拓好气氛，
便指点众尼雅玛说：
"孩子们呐，
好事要多磨，
我再教你们个玩法去！"

奥克敦妈妈，
渐渐在尼雅玛中——
　　赢得威信，
便带着好奇的尼雅玛们，
来到生来都不敢问津过的——
　　一片密林。

嫩草幽香，
野菇遍地。
成群野猪，
正拱地饱食。

奥克敦妈妈燃起智慧之光

奥克敦妈妈

尼雅玛们,
虽认识野猪,
但惧其群居,
并有巨齿獠牙的雄猪护持,
从来不敢近前招惹。

此番,
尼雅玛们,
虽然忐忑忑忑,
有了,
神婆婆、沙克沙与莫林,
胆气,
油然而生,
生龙活虎,
无所畏惧。

奥克敦妈妈,
带沙克沙与莫林,
把一群尼雅玛,
分成三组。

各领一组尼雅玛,
选在野猪出没的草坪,
教尼雅玛,
砍树削枝做镐——
　　掘地土,
挖出数座——
　　大陷坑。

然后,
奥克敦妈妈,
让每个尼雅玛,

捡巨石两块，
远离，
一座座大陷坑，
跟随她，
走入林中。

隐蔽草丛，
静静等待，
眺望野猪出没，
观看一场惊天动魄的——
　　好戏。

只见奥克敦妈妈，
攀登上山岗，
站在柞木林里，
双手捂着嘴，
猛力模仿起——
　　虎啸声音。

惊骇凄厉的，
一声声呜——呜——
　　嚎声，
在山风里——
　　传播开来。

突然，
树林里一片喧嚣，
原来，
惊动了一群野猪。

在一只千斤獠牙头猪卫领下，
猪群，
从密林中，

逃向远处山脚，
前方，
正是挖好的陷坑。

一猪二熊三猛虎，
历来残狠莫如猪。
所以，
众尼雅玛，
从来不敢观看——
　　猪群奔逃，
尤其不敢观瞧——
　　迎面闯来的、
　　正狂逃的，
　　獠牙公野猪：
它遇上前面任何挡道物，
必撕裂粉碎不甘休。

众尼雅玛，
哪见过这场面呀！
早已，
吓得想扭身逃散，
无奈，
沙克沙和莫林在监视，
何况惧怕逃不出——
　　神婆婆的巨掌，
只好闭眼，
乖乖听从调遣。

奥克敦妈妈，
鼓励尼雅玛们：
决不可退缩，
不能——
　　蹲着，

藏着,
躲着。

孩子们,
纵情地——
　　玩吧,
像个——
　　最勇敢的狩猎者!

临到,
胜利时候啦;
临到,
丰收时候啦。

一鼓作气,
再接再厉,
拼命地踏歌狂舞,
大声地——
　　奔跑、
　　跳跃、
　　呼叫,
还要不停地,
狠砸手中巨石——
　　发出响动,
　　拼出火花,
越震耳,
就越会,
产生奇迹。

众尼雅玛,
生来——
　　没参与过这种玩耍,
真是稀奇古怪啊!

顿时，
眼前出现了奇迹：
野猪群满山惊叫，
百余只小猪崽，
追赶母猪，
嚎声凄惨，
震昏了猪群素有的记忆，
个个不听头猪呼叫，
慌不择路，
各奔东西。

许多母猪、幼崽逃错方向，
没能，
跟随千斤獠牙头猪——
　　　脱险，
一个个，
掉入——
　　　大陷坑。

奥克敦妈妈，
让尼雅玛，
用削尖的——
　　　树杈、
　　　巨石，
砸死野猪……

开天辟地，
有生以来，
头一次——
　　　分享到，
　　　如此丰盛的猎物；
头一次——

品尝到，
齐心协力的甜果。

往常，
奥克敦妈妈说"东"，
尼雅玛则唱"西"；
奥克敦妈妈说"南"，
尼雅玛则唱"北"。
总是，
南辕北辙，
大相径庭。

尼雅玛，
如今心窍顿开：
奥克敦妈妈的话，
不可无动于衷。

尼雅玛，
诚心实意，
开始，
相信神婆婆。

相信，
奥克敦妈妈——
　　为尼雅玛，
送来智慧；

相信，
奥克敦妈妈——
　　为尼雅玛，
送来福祉。

别看，

奥克敦妈妈

奥克敦妈妈,
满脸苍老,
正如她讲——
　　是悠悠岁月的化身;

别看,
奥克敦妈妈,
话语琐碎,
正如她讲——
　　是丰厚经验的倾吐。

奥克敦妈妈,
教会野人们——
　　立世格言,
　　生存信条:

溪流难成海,
孤木不成林。
尼雅玛,
要学蚂蚁——
　　永相济;
尼雅玛,
要像蜜蜂——
　　结同心。

顶天立地的——
　　尼雅玛,
事事处处——
　　先要想到集群。

只要众志成城,
世间,
就没有——

能难住，
　　　　尼雅玛的事；
世间，
就没有——
　　　　能使尼雅玛，
　　　　却步的事。

奥克敦妈妈，
语重心长：
"众尼雅玛啊，
传你绝诀务常诵：

世间，
莫如尼雅玛最聪明，
最惧饱食终日腹中空；
只要，
事事留心肯动脑，
万类生机应运生。

虎、豹、熊、狼、
鱼、鹿、獭、蛇、
鲸、鹰、雀、蜂，
各怀神功皆为师，
精心揣摩熟生巧。

跟着陆地众牲，
学本领：
没有翅膀——
　　　可以学窜涧，
没有利爪——
　　　可以学攀缘。

跟着水里众牲，

学本领,
没有鱼尾——
　　可以学划水;
没有鱼鳍——
　　可以学潜游。

天下无难事,
勤习变自由。"

是奥克敦妈妈,
教尼雅玛——
　　向阳择穴而居;
是奥克敦妈妈,
教尼雅玛——
　　结绳编织为衣;
是奥克敦妈妈,
教尼雅玛——
　　识别草药医病;
是奥克敦妈妈,
教尼雅玛——
　　钻木取火熟食;
是奥克敦妈妈,
教尼雅玛——
　　初识礼仪规矩;
是奥克敦妈妈,
教尼雅玛——
　　晓悟团聚事力。

从此,
尼雅玛,
成为众生中——不敢侵犯的集群;
尼雅玛,
增长了生存的本领,

尼雅玛,
成为众生中——
最有智能的人精灵。

尼雅玛,
开始亲近——
　　　奥克敦妈妈了；
尼雅玛,
离不开——
　　　奥克敦妈妈了。
纷纷把神婆婆、
　　沙克沙、
　　莫林,
让进自己洞穴,
把他们当成妈妈窝一员。

奥克敦妈妈,
进了洞穴,
才头次体察——
　　　尼雅玛妈妈窝。

尼雅玛,
笨拙愚昧,
不懂选择朝阳处,
防避潮湿,
洞穴里既冷且暗,
与鼠穴无异。

奥克敦妈妈,
让沙克沙和莫林,
在周围寻找高岗向阳的洞窟,
领着众尼雅玛,
离开腥潮蛆虫泛滥之地,

迁居进干燥——
　　　能照射绺绺阳光所在,
尼雅玛——
　　　个个欢欣鼓舞。

奥克敦妈妈,
首教尼雅玛,
学会择址,
懂得分辨方位,
通晓——
　　　日出自东方,
通晓——
　　　日落入西方。

日阳身暖,
日没身寒;
宜居之所,
不独洞穴。
高岗朝阳,
草木遮风。
夏树冬窟,
均属良居。
依山傍水,
丰衣足食。

从此,
尼雅玛,
广栖大地。
能听到了——
　　　尼雅玛的笑声。

尼雅玛填充饿腹:
茹毛饮血,

不管是禽是兽；
不管是夏是冬。

奥克敦妈妈，
教尼雅玛，
认识火性，
既学会熟食，
又以火防卫，
驱散蚊虫，
猛兽惊逃。

然而，
世火何奇幻，
天下最难撷——
　　火是雷中来，
　　火是雨中来，
　　火是蹦着来，
　　火是跳着来，
　　火是笑着来。

撷火识火源：
双石击——
　　生火，
双木钻——
　　生火，
鸣雷震——
　　生火。

尼雅玛，
学会——
　　石盆，
　　蓄火；
　　石罐，

　　　　存火……

因为,
奥克敦妈妈,
教人识火,
温暖——
　　永驻大地,
霜雪——
　　不再可惧。

从此,
尼雅玛穴室火炕;
从此,
尼雅玛地上架屋;
从此,
尼雅玛不惧冰雪严寒;
从此,
尼雅玛成北域之主。

尼雅玛,
自古野性,
随波逐流,
任性而为。

奥克敦妈妈,
教尼雅玛:
人贵善动脑,
认知各事物,
久日勤思考,
愚山化智海。
凡事有早虑,
遇难心安逸。

时光如逝水，
头脑渐开化。
尼雅玛，
生活愈顺畅：
水来修堤坝，
雪来住暖窖，
豹来有网套，
病来早备药。

尼雅玛，
欢欣雀跃，
笑问妈妈，
富足之道。

此刻，
奥克敦妈妈，
觉得水到渠成，
该完成她一腔夙愿，
到扭转乾坤时候了！

原来，
奥克敦妈妈，
乍见尼雅玛时，
有一桩最可恨恶习，
永挂心间：
强壮尼雅玛——
　　妻多肉多水饱喝，
衰老尼雅玛——
　　无食无水尸满坡。

奥克敦妈妈，
让尼雅玛们，
仔细观瞧：

每人有何变化?

众尼雅玛,
都按神婆婆的话,
相互认真观瞧。

平时没在意,
如今惊叫:
原来怪怪地发现,
有的尼雅玛,
黑发中添白毛,
有的完全白白的——
　　　成为白毛人啦!

奥克敦妈妈说:
"头发黑与头发白,
是阅历和经验的标志,
是生存思索的结晶。

时光催人老,
惜爱贵光阴。
每个尼雅玛,
都有发黑发白时。

黑发不忘白发,
白发不忘黑发。
尼雅玛要学会——
　　　知老敬老,
尊崇——
　　　风尘仆仆世间人。

生存大地时日长,
坎坷前程省事多。

沟壑苦恼应常忆,
当然晓彻处事理。

尼雅玛,
务记合力大,
凡事要抱团,
集群谋饱安。

雁有头雁,
鹰有首鹰。
蚁有蚁主,
蜂有蜂王。

尼雅玛,
要爱白发人。
有了他们——
　　少吃亏,
有了他们——
　　少遭殃。

勿学蜘蛛幼残老,
老来又被少来噬,
形迹皆空化无有,
循循环环何时了?

所以,
白毛人,
就是人堆里的——
　　智者和宝贝。

这样,
日久天长,
江河不老,

白毛人,
犹如白天的阳光一样,
在人们心中,
总是驱走黑暗,
留下明亮的白昼。

白毛人,
总给人赶跑,
郁闷和恐惧,
让人心情畅爽。

使愚昧的人懂得,
还是白毛人懂事多。
若安安全全生存,
离不了白毛人。"

奥克敦妈妈的一番阐明,
尼雅玛,
从此倍增凝聚力。
白毛长者最受欢迎喜爱:

白是——
　　智慧的象征,
白是——
　　权威的象征,
白是——
　　长者的标签,
白是——
　　敬重的代词。

贵壮不再贱老,
有了谦让,
有了笑声,

人丁繁衍。

从南向北,
从暖地到冰原,
奥克敦妈妈教人——
　　以星定时,
　　以星定位,
　　以星定岁。
世间才有了——
　　方位时日记载。

为使尼雅玛,
人丁有序,
以血缘为纽带,
分出族系、
　　长老、
　　穆昆、
　　各血缘统系,
并以千古祖先——
　　发端、
　　创世、
　　荣辱、
　　承袭、
　　祀神、
　　崇仰,
激励众人,
恭用巨木雕镂——
　　九庹图喇柱,
魁伟壮观,
矗据一方,
遥相呼应,
傲视苍穹,
视若远祖,

笑掬百代，
护爱子孙，
源远绵长。

年湮代久，
人丁日旺，
出现噶珊屯落，
榆柳神树祭，
与图喇同重。

从此，
尼雅玛的足迹，
走向荒寒的漠北。
于是，
北海①有了——
　　　　尼雅玛祖先；
库兀岛有了——
　　　　尼雅玛祖先；
亘滚河有了——
　　　　尼雅玛祖先；
萨哈连有了——
　　　　尼雅玛祖先；
松阿里也有了——
　　　　尼雅玛祖先。

尼雅玛，
生生世世，
繁衍在——
　　　黑水白山。

---

① 北海：古代满族先世女真人等将黑龙江以北的鄂霍茨克海渔猎地域俗称北海。

奥克敦妈妈教会撒第一把谷籽

饮水思源,
经一事,
长一智。
最初吃的苦累,
要永牢记,
孩提学步,
摔出的筋斗最可贵!

在满族萨满——
　　　古老神歌中,
永世牢记——
　　　奥克敦妈妈的诱引。

一曲警世歌,
千万常追忆。
这宝贵古谣,
译成汉意,
是这般说的:

"麻团絮乱理出来,
万物纷纭识出来。
人贵负苦勤磨砺,
铁杵磨绣针,
顽石化美玉,
穷谷荒郊,
踏出新天地。"

小小乌米亚罕,
能长成顶天立地的——

尼雅玛，
全靠——
　　　奥克敦妈妈。

在最早最早时候，
只懂吃——
　　地上花，
　　树上果，
　　水中鱼，
　　湖中虾；

只懂抓——
　　地上兽，
　　树上鸟，
　　水中藕，
　　湖中菱。

每当，
北风一天天紧，
大地一日日寒，
利刃一般，
吹皱尼雅玛脸，
吹裂尼雅玛手时，
水不流，
虫不飞，
鱼不甩子，
鸟不生蛋。

每当，
雪儿一片片落，
一层层积，
日高不暖，
地厚更寒时，

树无果,
草无叶,
熊蹲仓,
虎啸林。

高阳当空好度日,
最怕风寒鬼神惊。
白雪皑皑偎窿窟,
饥肠辘辘度时艰。

天寒地冻去捕猎,
与虎狼夺食何其难,
饿殍随处倒,
活人苦熬不堪言。

尼雅玛问神婆婆:
"奥克敦妈妈啊,
天为何——
　　　有暖有寒?
快让天地永永远远——
　　　艳阳高照。
让尼雅玛们——
　　　不受霜雪风苦吧!"

奥克敦妈妈,
告诫尼雅玛说:
"世上从来,
苦乐同存,
寒暑相继。

知苦——
　　　方求乐,
知暑——

方避寒。
事在人为竞自由,
忘逸思变得安然。"

尼雅玛们,
求教神婆婆,
生在世间——
　　如何求生存?
世上能否——
　　天寒天暑都能吃得饱?

奥克敦妈妈说:
"孩子们,
问得好啊!
阿布卡赫赫,
早为众生,
备足了口粮。"

尼雅玛问:
"口粮在哪儿,
为何不见呢?"

奥克敦妈妈说:
"绿色大地,
就是口粮,
全靠双手来培植。"

奥克敦妈妈,
告诉尼雅玛说:
"阿布卡赫赫,
为使众生有口粮,
让雨神——
　　阿嘎妈妈,

洒下——
　　　一阵阵雨露；
让风神——
　　　额顿妈妈，
吹下——
　　　一绺绺花絮。

遍地开花，
长出漫天的嫩芽禾苗，
春种秋实，
金风飘香，
遍地长成黄色肥穗子，
这就是万生的生命粮呀!"

奥克敦妈妈，
对沙克沙说：
"沙克沙，
这回——
　　　可要显示你们姊妹的能耐了。"

沙克沙顿时一声呼唤，
漫天飞来成群车其克①，
从四面八方，
啄来无数谷穗子，
教会尼雅玛辨识。

一穗一穗的——
　　　是谷子，
一荚一荚的——
　　　是豆子……

----

① 车其克：满语，雀。

尼雅玛,
从此学会——
　　采集旷野谷物,
　　堆集晾晒。

奥克敦妈妈,
召唤石神卓禄玛发,
献出银色的岩石,
当石柄和石盘。

教尼雅玛,
用石柄石盘,
碾压一捆捆黄色金穗子。
从此,
尼雅玛有了食谷。

春天,
万象更新,
奥克敦妈妈,
又教尼雅玛,
学会垦荒,
撒下第一把谷籽。

谷种,
一入土,
乖乖地——
　　发芽,
　　长叶,
　　开花,
　　结实。

像初春的柳蒿芽,
几天瞅不见,

就长一寸；
像刨食的小猪羔，
几日没搭理，
就肥一膘。

金秋，
谷粒归仓，
尼雅玛——
　　世代有了米粮！

再不用——
　　蜂蚁一般地，
　　四处搬运；
再不用——
　　豹子一样地，
　　迅疾追逐。

春种一粒，
秋收一串。
春撒一把，
秋搂一抱。

熬饭做粥，
冬夏胞腹，
子孙欢乐，
人丁兴旺。

奥克敦妈妈教练使用"甩石"和弓矛

道路，
是闯出来的；
能耐，
是练出来的。

最早，
尼雅玛啊，
生来，
只懂——
　　饿了，
　　找食；
　　渴了，
　　找水。
　　三五麇集，
　　八九成群。
豺狼来了——
　　逃遁，
洪水来了——
　　远避。

一天，
奥克敦妈妈，
带着沙克沙和莫林，
到宽敞的草坪，
伸臂踢腿，
抱胸滚翻，
忽而攀高，
忽而越涧。

像矫捷的——
　　　小鸭,
像欢跳的——
　　　小兔,
像机灵的——
　　　小鹰,
像乖巧的——
　　　小鹿,
逗引尼雅玛——
　　　齐来观瞧。

尼雅玛,
生来喜动不喜静,
被奥克敦妈妈、
　　　沙克沙、
　　　莫林的功法,
迷恋得,
全身站立不宁,
也跟着伸胳膊动腿,
一时不住闲。

时辰一长,
日子一多,
日日习仿,
天天比试。

个个——
　　　身强体壮,
个个——
　　　力大无穷。

奥克敦妈妈,
又让沙克沙和莫林,

奥克敦妈妈

进山里捡石块,
带领尼雅玛,
天天磨石球。
艾曼里堆起,
山一样的石球山。

奥克敦妈妈,
率领尼雅玛们,
采集藤草,
编成长长的石兜子,
教尼雅玛们,
装上石球,
用臂力猛甩。

石球子离开石兜子,
悠然抛出,
直射远方,
指哪儿打哪儿,
百发百中。

日日苦练,
乐得尼雅玛们,
满地打滚,
哭喊着向神婆婆叩拜:

"尼雅玛啊,
从此,
成了世上——
　　最强的人!"

尼雅玛们,
学会神技,
日日仿习,

终日不辍。
尼雅玛的石球，
从此世代沿用弘扬。

最初，
石蛋子，
百发百中——
　　击水中鱼，
　　击云中鸟，
　　击林中兽。
熟能生巧，
越制越精。

奥克敦妈妈，
教尼雅玛勤动脑：
"头脑生才智，
才谋如涌泉。
恰似江河水，
勤用永奔流。

人贵常思索，
越用越精明。
能超百兽智，
域地最强人！"

时光流逝，
日月如梭。
尼雅玛，
不仅飞蛋子锐利，
磨制——
　　石针、
　　骨箭、
　　骨矛头，

也锋芒无比。

艾曼人,
心计日长,
英雄辈出,
磨制出骨弹弓,
出现小流矢。

奥克敦妈妈,
帮助尼雅玛,
磨炼、
制创——
　　俩人、
　　十人,
合力共拉的——
　　大木弓、
　　石板箭,
斗虎豹,
驱熊罴。

尼雅玛,
有了防身无敌武器,
周围部落不敢欺。
真正扬眉吐气,
部族兴旺起来。

奥克敦妈妈立下严苛规矩

混沌初开，
尼雅玛生世间，
感觉万物皆新鲜。
真如同初来乍到，
瞅见了什么，
都倍觉稀罕。

先是，
不仅叫不上来名字，
也说不清楚模样，
叫声长相，
千奇百怪，
样样物物都别致不凡。

渐渐，
见多识广，
才都个个——
　　　给定下名字来。

尼雅玛，
受神婆婆——
　　　耳濡目染，
从此学会——
　　　分辨事物，
知晓——
　　　其特性和功效，
聪明的人——
　　　才学会为己所用。

尼雅玛，
最富有意义的相知，
莫过于结识，
天下的莫林。
人类从此主宰天下，
如虎添翼。

说来，
这是一段传奇佳话。
遥远遥远时代，
在尼雅玛男男女女——
还不懂耕耘的古代，
尼雅玛男男女女，
都在——
  采集山中浆果，
  采集能吃的草籽，
  采集树上结的——
   核桃、
   山梨、
   榛子，
一筐一筐又一筐……

这是，
冬天的口粮啊，
积攒越多——
  越放心。

风雪漫天的日子里，
族众刨冰踏雪找食物，
多少尼雅玛，
被冻死，
被野兽咬死，
惨痛的景象，

没齿不能忘噢!

尼雅玛的艾曼,
在奥克敦妈妈帮助下,
日子,
一天一变样。

可是,
生活,
总是——
　　摁下了葫芦又起来瓢。

艾曼生来沿旧习:
自古不懂长幼辈分。
妈妈窝里,
历来是——
　　同喝一灶粥,
　　同睡一铺炕。

不仅,
妈妈肚子生出的——
　　男女,
小小大大,
紧挨睡在一铺炕;
外来男女,
只要谁入妈妈窝,
就同宿一个地窨子,
属一个艾曼,
一个部落。
男女从来不避讳,
久而久之,
习以为常。

奥克敦妈妈立下严苛规矩

奥克敦妈妈

传诵多少怪胎奇闻：
沟壑常听弃儿哭——
　　　豁嘴孩，
　　　痴傻孩，
　　　聋哑孩，
司空见惯。

艾曼人见此窘象，
则瑟瑟迷惑不解，
日久，
验算怪源是：

女人误餐黑蘑菇——
　　　"生畸儿"，
女人误踩疯狼屎——
　　　"生畸儿"，
女人惯窃惯詈骂——
　　　"生畸儿"……

风声鹤唳，
人人恐惧。

仁慈的奥克敦妈妈啊，
怎能忍心，
瞧见，
如此众多，
惨不忍睹的——
　　　畸态怪孩儿啊？

含热泪，
急让沙克沙和莫林两格格，
去四野搜寻。
凡有病儿，

悉数背来。

不让哭，
不让闹，
都聚在神婆婆——
　　温柔怀里，
神光护佑，
静神躺坐。

奥克敦妈妈啊，
她本是开天祖母，
曾无私哺育过——
　　天穹阿布卡赫赫三神姊妹，
助其无限伟力和奇谋。

奥克敦妈妈，
身膺九座乳峰，
甘露源泉，
四海无穷，
能泛育众魂，
能驱消痼患。

沙克沙和莫林两格格，
抱来一个个肢残的病儿，
饱吮着，
神婆婆甜蜜乳汁。

阳光——
　　　融化冰雪；
甘露——
　　　送来奇效：

张嘴能言，

抬脚能行,
双手能握。
患儿痼疾消失,
生龙活虎。

奥克敦妈妈,
开导众尼雅玛说:
"看眼前,
想未来。
不怨天,
不怨地,
就怨妈妈窝里,
因袭老规矩。

儿孙健,
明朝福。
务下恒心——
　　抛旧俗。
男女伦操必守制,
改弦更张重配偶。"

尼雅玛,
恍然大悟,
齐问:
如何痛改前非?

奥克敦妈妈说:
"从今以后,
各妈妈窝,
雕镂不同的图喇柱。

凡同一图喇柱下人等,
均属同一血缘。

男女老少皆兄弟,
严禁再同房。

凡外部各不相同图喇柱男女,
血缘各异,
可应时应节,
配偶成婚。

恪守此戒,
千载不移,
违约活埋,
绝不姑息。"

奥克敦妈妈的——
　　严苛定制,
传袭下来,
从此,
创立了艾曼制度,
同一艾曼哈喇——
　　严禁婚娶。

奥克敦妈妈,
亲手雕镂图喇柱,
互别众哈喇,
并以乌勒呼玛①,
卜定哈喇居址。

诸申部族,
树立了——
　　诸部神圣的图喇柱,
像圣典,

---

① 乌勒呼玛：满语,野鸡。

召示族众，
恪守不渝。

尼雅玛，
开天辟地，
有了部落和噶珊。
从此，
尼雅玛众哈喇，
各据一隅。

有警互助，
和睦谐好，
春秋互聚，
男女相亲，
永不违谬，
立碑定制。

山中跑来一个小怪物

秋山秋水，
百果飘香。
尼雅玛，
爬树攀枝，
正大口摘吃香果。

冷丁，
山坳传来怪动静，
从密密树林中，
跑出来一匹小怪物。
昂着首，
咴咴叫，
边跑边跳，
尥着小蹶子。

这小怪物啊，
活蹦乱跳，
格外精神，
长得太俊美啦！

一双明亮的——
　　大眼睛，
油黑的睫毛——
　　长又长。

前胸宽阔，
腰脊壮健。
青山绿水喂养得，
小怪物屁股蛋儿，
胖得——

滚瓜溜圆。

四腿如柱,
黑蹄流云。
长鬃长尾,
像锦缎飘摇。

腾跃起来,
一阵阵烟尘,
恰似在——
　　云雾中驰骋。

尼雅玛人人爱,
连连狂笑,
阵阵惊叹,
有生头一回目睹此奇兽。

这是造物主,
缔造的——
　　穹宇奇珍啊!
这是阿布卡赫赫赐予的——
　　绝妙精灵啊!

瞧,
细长的双耳朵,
像一对小绒瓢儿,
灵灵巧巧会转动;
矫健的蹄碗,
像四尊小榔头,
踏山跨涧疾如风。

小怪物别看个头儿不高,
竖竖长耳传情意,

长鬃长尾黑蹄碗。
见到尼雅玛也不怕,
啃啃那个,
贴贴这个,
像似几世有缘哪,
围着尼雅玛亲不够,
这可是头一遭遇见啊!

小怪物忒顽皮,
扬鬃甩尾,
蹦蹦跳跳,
嗅这嗅那,
总不识闲儿。

尼雅玛男男女女,
相互递个眼神儿,
想出个妙计:
"何不用编好的——
　　长长椴皮绳,
绊住她,
套住她,
挽留住这精灵鬼,
或许还真能——
　　帮咱办大事呐!"

谁知道,
这小怪物,
异常机敏,
早已揣透,
尼雅玛心思。

没等挪步贴近前,
早仰脖咴咴咆哮,

奥克敦妈妈

后蹄猛劲一蹬,
腾空而起,
沙土飞扬,
一阵旋风似的,
霎时穿入群山密林,
不知踪影,
杳无信息。

可爱的小怪物,
突然别离去,
尼雅玛们,
顿觉难舍和空虚。

众尼雅玛,
个个——
　　　心疼、
　　　惋惜,
惦记小怪物。

相处短暂,
但小怪物,
已经成了——
　　难舍难分小朋友,
激起了尼雅玛——
　　无限的系恋。

尼雅玛们,
央求奥克敦妈妈襄助:
"神婆婆啊,
帮助尼雅玛——
　　捉住小怪物吧,
我们打心眼儿里——
　　喜欢她呐!"

奥克敦妈妈格外高兴：
"你们要牢记，
她日行千里，
力大无穷。
她的名字叫莫林，
是阿布卡赐予的——
　　　陆地神驹！

别看她，
叱咤风云，
性情暴烈，
她是为——
尼雅玛而生。
对主人天生忠诚，
最富有——
　　　坚韧毅力，
　　　顽强不屈秉性。

尼雅玛，
如果与莫林交友，
好似如虎添翼，
方能驰骋天下。

告诉你们——
　　　一个秘密：
我身边的莫林格格，
你们不是——
　　　早已认识吗？

莫林格格，
有最奥妙的神功和威望，
你们就请她协助，

快快呼唤回来小怪物——
　　可爱的小伙伴吧！"

莫林格格，
奉奥克敦妈妈之命，
像一缕轻风，
进入山中。
瞬间，
山山岭岭，
传来莫林的嘶叫声。

蹄声阵阵响，
莫林格格，
便将山中莫林，
悉数召聚到——
　　众尼雅玛部落中。

刹那间，
到处是莫林的海，
　　红色，
　　白色，
　　黄色，
　　黑色，
　　铁骊色，
　　枣红色，
跑来各色各样莫林，
可真够多……

从此，
尼雅玛，
结识了活泼可亲的——
　　小怪物，
齐声尊称她——

"莫林",
一心一意、
恭恭敬敬,
迎请她进艾曼。

可是,
莫林生来四海为家,
无拘无束,
哪愿死守一地啊?

尼雅玛一招即来,
吃饱玩够便跑,
逃之夭夭,
不知所踪。

尼雅玛无奈,
哀求神婆婆襄助:
"让莫林世世代代,
与尼雅玛相依为命,
成为终生伙伴,
艾曼重要一员。
帮助尼雅玛,
安居创业,
筑建幸福乐园。"

奥克敦妈妈说:
"俗话说得好,
良驹嘶千里,
岂能易得?
贵在好事多磨,
尔等要与莫林——
　　心交、
　　情交、

诚交，
感动莫林，
化疑为友，
方可把尼雅玛居所，
视为家园。"

神婆婆话语——
　　值千金，
莫林与尼雅玛——
　　渐亲昵。

尼雅玛，
欢呼雀跃；
奥克敦妈妈，
笑逐颜开。

妈妈慈颜传妙计：
"每个尼雅玛，
跟几个顽皮的莫林，
多贴近，
结伙伴。

莫林她，
能骑乘，
能拉车，
有了莫林，
尼雅玛，
就有了——
　　穿林过涧的飞毛腿！"

莫林格格，
因有奥克敦妈妈约束，
从此，

尼雅玛，
有了陆地之舟——
　　　神骏莫林。

奥克敦妈妈，
嘱告尼雅玛各部：
从今以后，
我和沙克沙、
莫林两位格格，
都是部落一员。

不过，
沙克沙格格
仍归山野。
常驻村寨高枝，
筑巢永年。
日日为尼雅玛，
传报佳音喜讯。

莫林格格，
永世留下来，
与尼雅玛——
　　同命运，
　　共生息，
成为最亲密伙伴——
　　运输、
　　搬迁、
　　骑乘、
　　征战，
做人类忠诚帮手，
与尼雅玛，
生息与共，
千载万载不弃。

芒嘎拉霍通之战

奥克敦妈妈

在遥远的——
　　朱鲁古猛温阿尼雅时代，
在最古老的——
　　达妈妈萨玛窝陈乌春中①，
代代都传诵着——
　　神圣的背灯神歌。

萨玛妈妈，
击鼓舞蹈唱道：
鸟入林，
鸡上窝，
鱼静眠，
兽栖洞。
寰宇安歇，
万籁俱寂。
只有那丹那拉呼，
横亘北天。

神鼓敲响，
神歌嘹亮，
何等铿锵，
何等豪迈。

我的尚武儿孙们呐，
永远要铭记——
　　这伟大的时刻啊！

---

① 这两句满语神歌汉词大意：在遥远的千年时代，在古老的远世奶奶萨满祭歌中……

永远要承继——
　　这英雄的勋业啊！

背灯祭礼，
这不是普通的——
　　萨玛礼仪；
这不是平凡的——
　　萨玛礼仪。

它是奥克敦妈妈——
　　率领祖先，
　　不屈的鏖战；
它是奥克敦妈妈——
　　率领祖先，
　　胜利的狂欢；
它是奥克敦妈妈——
　　教育后世，
　　学会思危居安。

它是，
奥克敦妈妈，
　　传留下来的——
　　　　背灯盛典；

它是，
奥克敦妈妈，
　　传留下来的——
　　　　隆重礼拜。

在奥克敦妈妈扶持的，
尼雅玛艾曼周围，
近些年月，
又聚集了几个倔强艾曼：

一个是——
　　以音达浑为挽乘的部落,
一个是——
　　以勒付为卫士的部落,
还有一个——
　　以鹿群为衣食的部落。

这就是附近闻名的——
　　狗艾曼,
　　熊艾曼,
　　鹿艾曼。

三个艾曼额真,
身怀绝技,
各有千秋:

狗额真,
能霎时聚来——
　　百条烈狗。
狗额真只要一声猛吠,
凶恶的狼狗,
顿时就可以,
噬毁一切物件。
艾曼财物,
被众狗全部掠走,
一片狼藉。

熊额真,
只要跳起熊舞,
必招来——
　　众熊拼死攻伐。
力大无穷的熊群,

势如破竹，
无人敢敌。
所有财物，
尽被掠夺。

鹿额真，
只要一声呼唤，
能聚来——
　　　成百成百的野鹿。
鹿是擅跑的野牲，
只要被鹿群践踏，
所有地室和撮罗子，
全成平地，
一切荡然无存。

这些强盗额真，
仗势欺凌——
　　　弱小艾曼，
逼迫为其——
　　　采集果肉，
成其奴仆，
苦不堪言。

沙克沙格格，
早已遵照奥克敦妈妈计谋，
秘密飞翔四方，
去暗暗观察——
　　　芒嘎拉霍通自然形胜，
回来——
　　　翔实向奥克敦妈妈述说。

原来，
奥克敦妈妈，

未来之前，
这里——
　　沟沟岔岔、
　　古洞、
　　山崖、
　　草棚、
　　地窖，
因不忍——
　　三强部落欺压，
隐栖着——
　　数不尽羸弱的尼雅玛，
心惊胆怯，
朝夕躲避。

因久藏地下，
不见光亮，
奥克敦妈妈到来后，
才被拉出了窖穴。
煦风吹拂，
得见阳光，
像鼹鼠惧怕太阳的眼睛，
十数天后才敢睁开。

仁慈的奥克敦妈妈，
怜悯尼雅玛的苦难，
帮助创立艾曼，
生活安定，
方显无虑无忧。

然而，
听了沙克沙归来禀报，
仁慈的奥克敦妈妈，
激情澎湃，

坐立难安，
说道：

"人往高处走，
鸟往高处飞。
不惧强权，
贵在志坚，
咱们也要择地而居！"

神威的奥克敦妈妈，
办事主张审时度势。
她说：
"俗语说得好，
知己知彼，
百战百胜。

据我判断，
三大野人部落，
依仗地利人气，
欺侮弱小，
霸占山林，
久已得势。

像悬在头顶的利剑，
日日威胁着，
周围众部落，
生存安宁。
各部落，
胆战心惊，
敢怒不敢言。

沙克沙和莫林，
你们迅及再探——

　　　　芒嘎拉霍通，
速将详情回报！"

数天后，
沙克沙和莫林，
禀报奥克敦妈妈：

"吾等晓知
三大野人部——
　　　狗部、
　　　熊部、
　　　鹿部，
各占有利地势，
像三只恶虎，
　　　蹲坐在芒嘎河上源。

不仅居高临下——
　　　遥控险峰，
而且俯瞰着——
　　　碧绿葱茏的芒嘎阿林。

涧底芒嘎河，
一泻东去——
　　　声涛鸣雷，
　　　水浪飞虹。

下游河网纵横，
又有秃鲁、吉鲁——
　　　两湖姊妹，
从南北两侧山峪——
　　　汇入芒嘎河，
水草丰沃，
成为鱼虾天然的乐园。

野人部，
占据芒嘎拉霍通，
掌握了——
　　　水源、食源宜居之地，
有吃不尽的——
　　　鱼类、
　　　莲藕、
　　　菱角；
有用不完的，
架屋取暖用的——
　　　兽革、
　　　桦皮、
　　　房草。

唯有这里，
从不忧虑水患。
野人个个体魄健壮，
部落强大，
无人敢与其争锋对峙。

每逢旱季，
赤日炎炎，
周围溪涧草枯，
遍燃野火。
野人部尼雅玛，
足不出帐，
坐地竟可俘获，
烧伤的——
　　　小兔、
　　　野鹿。

这时期，

也是，
各地尼雅玛们，
生存最悲壮的时光。

多少逃人，
因谋生，
齐聚——
　　芒嘎拉霍通上源，
这里——
　　寻觅吃喝最便利。

因此，
豁出命争夺宝地，
常发生无休无止的血拼，
野蛮撕殴，
哀号惊心，
僵尸遍地，
惨不忍睹。"

奥克敦妈妈，
详细聆听了，
沙克沙和莫林两格格的禀报，
早已胸中有数，
毅然说道：

"芒嘎拉霍通，
既然如此富饶，
就该众尼雅玛共享。

三大野人部，
仗势欺凌弱小，
使众艾曼不得聊生，
必须遭到严惩。

芒嘎河，
需要重回平静，
杜绝血腥杀戮，
扫荡强暴孽障！"

德高望重的——
　　奥克敦妈妈，
重新戴起——
　　她那心爱的鲸骨鹰翎晶珠罩脸战帽；
披挂起——
　　虎豹熊麝皮骨镶嵌成的长身甲胄，
躯体矫健，
迈步有风，
激起尼雅玛艾曼的男女老少，
一阵阵雀跃欢呼：

"神婆婆啊，神婆婆，
您穿起战袍——
　　惊退妖魔，
您穿起战袍——
　　鬼神惊叹。

谁说您，
年过百岁？
英姿飒爽，
青春永在！"

慈祥的奥克敦妈妈，
有母亲的胸怀，
高瞻远瞩，
殷切勉励地说道：

"孩子们呐,
美妙的理想,
凭奋斗争取;
幸福的生活,
凭亲手创造。

好事多磨,
集思广益,
万事不可,
麻痹大意。

我已察明,
三大野人部,
改变了芒嘎拉霍通。
他们能有今日的强大,
也是,
日积月累,
靠众志成城,
长期苦斗赢得的!

你们仰盼,
得到芒嘎拉霍通,
天天羡慕,
天天迷恋——
　　　能与野人们,
　　　同享安乐。

要学会最尊贵的品德,
善于——
　　　总结自己,
善于——
　　　抚今追昔。

善找成败症结，
再不断地进取，
就永远立于不败之地。

你们归根到底，
心不齐，
志不坚，
尚缺，
野人部的——
　　　拼搏和毅力。

鹰禽——
　　　知晓架巢，
尼雅玛——
　　　要懂得修筑家园。
百折不挠，
不达目的不罢休。"

奥克敦妈妈，
率领尼雅玛艾曼的人，
悄悄来到芒嘎河上源，
秘密观察三大野人部——
　　　狗部、
　　　熊部、
　　　鹿部的——
　　　　　生活，
发现三部，
各有总祀妈妈，
是部落的首领。

各首领下属，
音达浑部——
　　　有快捷的狗站；

勒付部——
　　有勇猛的熊站；
布库部——
　　有喧闹的鹿站。

各站井井有条，
有专门的一群管差人，
管差人各有分工，
管理饮水、食物的——
　　"布达色夫"；
管理训练、征战的——
　　"布特哈色夫"；
驯兽有方，
所向披靡。

尼雅玛艾曼的人，
喜闻神婆婆，
要夺回美丽的天堂——
　　芒嘎拉霍通，
欢欣鼓舞，
信心百倍。

奥克敦妈妈，
谆谆嘱咐说：
"孩子们哪，
万事起头难。
事在人为，
可不能傲气。
要精诚团结，
刻苦努力啊！"

奥克敦妈妈，
又谆谆叮嘱——

沙克沙、
　　　莫林，
她说：

"凡事务求精心，
野人三部，
素有征战经验，
要尽心辅导——
　　　尼雅玛艾曼的人，
不可疏忽盲动。"

奥克敦妈妈，
与沙克沙和莫林两格格，
亲率尼雅玛艾曼的人，
侦查芒嘎拉霍通山势后，
制作出征战用的——
　　　锐利木棒、
　　　飞石、
　　　骨刀、
　　　石箭、
　　　石矛……

商定，
必须在——
　　　夜深人静，
　　　星斗满天，
　　　人不知、
　　　鬼不觉时，
才悄悄运动到，
芒嘎拉霍通山脚下，
以迅雷不及掩耳之势，
偷袭三大野人部。

究竟该先从何部动手？
奥克敦妈妈，
费尽了心机。
几番掂量，
最终下定恒心：

就选定芒嘎拉霍通，
比较平坦的西坡，
攀缘而上，
可直捣野人部。

那里——
　　有茂密的榆树林，
恰是——
　　布库部大鹿场，
层林枝叶掩蔽，
不易惹敌察觉。

豹头旗引路，
鼓声、螺角为号。
乌西哈——
　　升入天空了，
螺角——
　　　鸣——鸣——
吹响了。

尼雅玛艾曼的人，
遵照奥克敦妈妈的密令，
带着生火的松明、獾油，
蜂拥般地，
齐聚向芒嘎拉霍通山脚。

隐约中，
传来螺号声，
这是飞速攀登的信号。
高山崖西坡，
一片飞动的人影。

不大工夫，
人影顺利地——
　　　攻进鹿场，
布库部的人——
　　　还没有发觉。

尼雅玛艾曼的侵入，
被灵敏的狗和熊，
嗅出了异味。
顿时，
狗吠熊嗥，
睡梦中的——
　　　音达浑狗部，
　　　勒付熊部，
乱作一团。

奥克敦妈妈的螺角，
继续吹响了。
尼雅玛艾曼的人，
按照螺号暗语，
冲进野人部的人影，
迅速分成三伙：

一伙，
冲向布库鹿部；
一伙，
冲向音达浑狗部；

一伙，
冲向勒付熊部。

松明、
獾油，
顿时在——
　　鹿场、
　　狗窝、
　　熊圈，
熊熊燃烧起来。

正是盛夏时节，
天干物燥，
暖风劲吹。
鹿、狗、熊三部，
一色桦皮为盖，
茅草为窝。

松明和獾油，
遇上桦皮茅草，
迅及光焰冲天，
芒嘎拉霍通变成火海。

野人三部落，
平时，
自恃天下无敌，
甚是傲慢轻敌，
没想到遭此惨败。

芒嘎拉霍通，
已成大战场，
双方呐喊咆哮，
挥舞各种兵器，

滚打在一起。

双方擂响——
　　鲸皮鼓和熊皮鼓,
杀声——
　　震天动地,
战鼓——
　　排山倒海,
火光——
　　染红夜空。

尼雅玛艾曼的人,
想要冲进去,
占据三大部。
奥克敦妈妈说:

"狗、熊、鹿烧伤惨重,
三大部已乱,
我有降敌之策:

尔等只围不攻,
不下三天,
三部头领,
必来投降。"

尼雅玛艾曼的人,
不少反对和怀疑,
认为神婆婆,
话不准。

谁知,
没过三天,
芒嘎拉霍通,

奥克敦妈妈

三大野人部头领——
　　音达浑妈妈、
　　勒付大玛发、
　　布库大妈妈，
前来叩拜奥克敦妈妈：

"神威无敌的妈妈啊，
人外有人，
天外有天。
我们认为——
　　芒嘎拉霍通，
举世无双。
没有，
再比我们——
　　更强的人。

我们钦佩，
您的智慧，
指挥有方。
自古有能者，
主掌艾曼，
我们心甘情愿，
听妈妈调遣。

跟随您，
艾曼——
　　必会兴旺，
犹如——
　　旭日东天。"

从此，
尼雅玛艾曼，
更强大了，

与原来的野人部，
融入一起，
共同治理芒嘎拉霍通，
生活蒸蒸日上。

奥克敦妈妈传授弯弓盘马

奥克敦妈妈,
功高盖世,
为尼雅玛艾曼腾飞,
呕心沥血,
用尽心机。

一天,
奥克敦妈妈,
把尼雅玛们,
召聚一起:

"孩子们,
走,
跟妈妈和莫林,
去南山坡,
搬抬长命宝。"

尼雅玛们,
最信妈妈话啦,
纷纷跑步来南山,
望见一堆堆巨石,
迷茫傻了眼:
"妈妈呀,妈妈,
缘何巨石称为长命宝?"

奥克敦妈妈,
笑容可掬:
"孩子们,孩子,
要代代铭记妈妈话,

快快搬石少赘言。

体力本是生命宝，
汩汩流泉大无边。
南坡北坡休嫌远，
背石费力亦艰险。
长久练达身刚健，
弯弓盘马方安然。"

尼雅玛臂如橡，
妈妈技传磨石弩。
伐大木，
砍硬弓。
矢穿两棕熊，
连透三只鹿。
艾曼奇猎勇，
传袭靠神弓。

神弓备，
情未了，
妈妈尚存心腹事。
殷殷叮嘱憨莫林：

"永世常留在艾曼——
　　生儿育女，
　　传宗接代。
　　风雨如晦，
　　不离不弃。"

莫林众子孙，
亘古山中魂。
野性傲拗，
系念峰峦。

唯因惧惮妈妈神威，
驰骋大地效命勤。

忍辱负重，
言听计从。
诚惶诚恐，
含辛茹苦不知年。

忽闻妈妈语——
　　常留大地换生涯，
暴吼犹惊雷：

"妈妈啊，妈妈，
梅鹿恋甸草，
鸣雁爱涧溪。
莫林忌恶约束，
唯愿徜徉无羁。

如今事圆融，
翘盼返故居。
朝迎旭日，
夕伴落霞。
渴饮流泉，
饿嚼嫩谷。
甜蜜无虑，
自在逍遥。
岂可长留艾曼，
恕难护陪。"

奥克敦妈妈虽不悦，
笑容劝阻嗔怪道：
"莫林懂事休任性，
随我同来创世纪。

尼雅玛们需要你,
岂可缺少大力神?"

莫林听罢,
纵跃驰骋,
四蹄腾飞——
　　　想逃遁。
哪顾妈妈厉声喝,
转瞬无踪——
　　　隐山巅。

莫林野性不知惧,
只求尽早脱净身。
奥克敦妈妈,
阵阵心酸,
遥望青天自叹息:

"小莫林啊,
小神驹,
宛若妈妈亲儿女。
安忍重手伤及尔?
惯汝莫林忒骄纵,
再不梳理何成材?"

心狠狠,
泪滴滴,
扬手照空银光闪,
莫林缚回跪尘埃。

莫林叩头泪涌泉:
"妈妈啊,妈妈,
莫林一时糊涂惹您恼。
饶命吧,

宽恕吧,
追随您百年的傻莫林,
肝脑涂地永效劳!"

奥克敦妈妈爱抚说:
"贪山玩水尔等本性,
妈妈不该责怪你。
只因命尔担大任,
唯尔堪称胜此任:

让天下尼雅玛,
都是莫林德勒尼雅玛①。
尔要生生世世,
终生不渝,
无恨无悔,
任劳任怨。"

奥克敦妈妈,
手牵莫林,
在它前腿猛一掐,
痛得莫林咴咴跳。

奥克敦妈妈忙说:
"小莫林,
莫嫌疼,
如今尔身添奇宝:

长途驰骋不疲倦,
既可永消野性,
又能夜行如昼——
　　输运,

---

① 莫林德勒尼雅玛:满语,马上人。

罟猎，
　　　耕耘，
　　　征战。
百战百胜，
岁岁年年。"

君不见，
莫林前腿，
都长有骨眼，
那是奥克敦妈妈特赐的。

莫林生来多这骨眼——
　　　拉车，
　　　骑乘，
　　　蹚河，
　　　渡海。
哪怕，
道路坎坷崎岖；
哪怕，
长途披星戴月。

神骏莫林，
成为人类忠诚挚友。
不再是"比干莫林"[①]，
称谓"包衣莫林"[②]。

尼雅玛，
号称"莫林德勒尼雅玛"，
是奥克敦妈妈养育的。

[①] 比干莫林：满语，野马。
[②] 包衣莫林：满语，家马。

凡朱申①男女，
呱呱坠地，
额姆就以长布裹腿，
成年时便会双腿径直。

五岁到十五岁，
习练弯弓盘马，
二十至而立之年，
坐骥稳健，
征战制胜。
动静自若，
马如蛟龙。
勇冠万夫，
群贼丧胆，
百发百中。

朱申尼雅玛，
祖祖辈辈，
世世代代——
　　爱马、
　　养马、
　　育马、
　　驭马、
　　练马、
　　敬马。

马郎中，
马产娘，
马博士，
代代喜见才人出。

---

① 朱申：满语，俗指满族先世女真人。

居住的噶珊——
　　尊称"骏马之乡",
养育的儿孙——
　　傲称"马上巴图鲁"。

奥克敦妈妈,
在尼雅玛艾曼中,
留传下——
　　"御马歌诀":

　　胆大心细,
　　眼观八方。
　　脚扣马腹,
　　握鬃坐塔;

　　上马技,
　　下马技,
　　立马技,
　　侧马技,
　　滚马技,
　　卧马技,
　　藏身技,
　　贴肚技;

　　踢腿上马,
　　蹲脚上马,
　　飞跳上马,
　　跑步上马,
　　旋身上马,
　　箭射上马,
　　抓鬃上马;

　　过梭,

奥克敦妈妈传授弯弓盘马

奥克敦妈妈

穿云，
泅水，
越涧；

单御马，
双御马，
仨御马，
五御马；

一人二马，
一人三马，
七人八马，
行云流水，
眼花缭乱。

真可谓——
人马同魄，
人马同魂，
人马同窍，
人马同心。

千载如梭，
朱申、满洲，
马阵名天下。
排山倒海，
所向无敌。
十男顶一虎，
奇功盖世。

奥克敦妈妈常留人间

往昔，
尼雅玛，
居无定址——
　　仿佛鹿群雁阵，
　　仿佛天上流云，
哪儿——
　　易躲攻击，
　　易于觅食，
就成群结队，
奔徙其地；

哪儿——
　　周围食源匮乏，
不惜长途跋涉，
再辟新域。

时光如梭，
总是势薄贫弱，
开创不了固定基业。

奥克敦妈妈，
为尼雅玛部落发展，
一直惦挂在心。

她曾和沙克沙和莫林，
追随北飞的天鹅——
　　走到北海，
追随精奇里江——
　　进入萨哈连，

发现了——
　　漠北广袤人间天堂。

奥克敦妈妈,
率领尼雅玛,
逐步迁移至,
盛产鳇鱼和大马哈鱼的,
萨哈连和松阿里乌拉流域,
开垦良田阡陌,
令豆谷飘香。

就在奥克敦妈妈,
帮助尼雅玛,
伐木筑建新艾曼时,
忙碌中,
熟睡过去。

恍然觉得,
沙克沙飞来了。
奥克敦妈妈,
走出帐篷,
见到松枝上,
落只白脖花喜鹊。

奥克敦妈妈高兴地说:
"好姑娘,
我正惦念你呢,
你怎么回来啦?"

沙克沙格格说:
"奥克敦妈妈啊,
天母传命:
耶鲁里乘机肆虐,

近期漠北必生洪害。
命你速返天宫扶持三神母,
擒伏恶魔耶鲁里。

尼雅玛的安危,
你走前要安排妥。
这里将成泽国,
务须百倍防范,
好自为之。"

沙克沙报完信,
向奥克敦妈妈鸣叫道别,
扇开长翅,
飞入云端……

奥克敦妈妈惊醒,
方知沙克沙格格,
在酣梦中,
急报灾情。

奥克敦妈妈坐起,
披上水獭斗篷,
出了帐,
耳边已传来——
　　排天的浊浪声。

奥克敦妈妈,
召集尼雅玛,
特传来,
多年提携培育的,
几位深孚众望的萨玛——
　　走后御灾的栋梁啊,
告知——

集议抗争萨哈连、松阿里洪患的良策，
并告知关键时刻，
自己受命离开艾曼，
降魔远征。
相信尼雅玛们，
必能驱逐洪水，
永享安宁。

奥克敦妈妈，
虽要与众尼雅玛分离，
对众艾曼，
信心百倍。
多年的培育和引领，
绝不会辜负，
妈妈的期待。

众尼雅玛，
含泪难舍难分地，
送别奥克敦妈妈，
把慈爱的妈妈的样子，
牢牢铭刻在心中。

奥克敦妈妈，
向艾曼中最年长的，
主祭男女萨玛说：
"我去除魔，
不必挂牵。
在祭坛上雕一幅，
七人八马神像。

七人象征尼雅玛，
万众一心，
众志成城；

八马便是为我所备。

奥克敦妈妈我，
永远同你们，
同命运，
共祭祀。"

滚滚洪水天上来，
林毁山塌百兽埋。
这是凭空突降的大劫难哪，
山岗吞没，
遍地汪洋。

不辜负奥克敦妈妈厚望，
众萨玛，
勇捍生灵，
力挽狂澜。

多少年来，
在奥克敦妈妈带领下，
夜以继日，
废寝忘食，
精心巧绣，
艳景呈现。

两岸柳堤，
平畴沃野，
柳暗花明。
一窝窝——
　　野鸭子、
　　鹌鹑、
　　野鸡，
抱窝生蛋的福地，

尔今，
一瞬时——
　　汪洋遮岸。

朝朝暮暮，
闻云中黄鹰泣唳，
草莽里百雀失群，
听觅崽哀啼。

堤崖上啊，
阿玛抱儿，
额娘携女，
白布为帆，
炕板为舟，
背井离乡，
孤雁悲号。

萨克达，
长吁短叹频频说：
"掐指头估算，
这是咱萨哈连、松阿里，
三百多年来
从没遇见过的祸殃……"

所有沟壑的洪峰啊，
像浊浪排空，
像万马奔腾，
像群山倾塌，
像五雷轰顶。

尼雅玛的——
　　畜禽，
　　　被冲卷一空；

尼雅玛的——
　　欢乐，
　　　被水难吞噬；
尼雅玛的——
　　田园，
　　　被化成泽国；
尼雅玛的——
　　临河窨窨，
　　　被鱼鳖争栖。

头添白发的——
　　萨克达哈哈①，
头发灰白的——
　　窝西浑妈妈②，
大灾面前，
没有主见。

奥克敦妈妈，
梦授各图喇柱的众哈喇，
说道：
"图喇——
　　就是黑夜的明灯；
图喇——
　　就是浪涛的轻舟。
众志成城心不乱，
萨玛们，
该成艾曼的主心骨。"

众部齐声说：
"如今尼雅玛，

---
① 萨克达哈哈：满语，老男人。
② 窝西浑妈妈：满语，尊敬的老奶奶。

改天换地。
神婆婆啊,
还有什么可担惊受怕的?

如今,
再不是一盘散沙;
如今,
老少凝如坚石;
如今,
年老人也享舒坦日子。

个个都是硬骨头,
狂风暴雨,
吓不低头;
再大的浪头,
怎能弯腰呐?"

俗语说:
疾风知劲草。
萨玛妈妈、玛发,
请来,
诸部九庄十八屯的——
　　儿孙们,
召来,
分支大小萨满——
　　十几位,
成为尼雅玛主心骨,
犹如众星捧月。

群龙——
全靠龙头带;
群虎——
全凭虎王领。

众人堆土——
　　　能成山，
众人拾柴——
　　　火焰高。
众人背水——
　　　能积海，
众人喊声——
　　　震如雷。

怎能遇难闻哭声，
怎能水来四散逃。
咱诸申生来爱鼓声，
擂起皮鼓惊天地，
振起腰铃鬼神惊。

萨满奶奶，
击鼓唱啊：
"浊浪再凶——
　　　哪能有我的神鼓灵？
白发的玛发、阿浑老哥啊，
快快鼓响——
　　　你那驱洪鼓吧！

紧要关头，
危难紧急，
要全凭一股——
　　　无畏闯荡劲儿，
唤醒惊吓中的——
　　　孙男弟女，
生死无畏安可惧！

浪涛专欺胆小儿，

洪波也怕弄潮儿。
眼下——
　　北山——
　　　　还圈着艾曼的羊；
　　西坡——
　　　　猪舍卧有艾曼的黑毛猪；
　　南山——
　　　　松栅养着艾曼的大马鹿；
　　北地——
　　　　营子窖藏艾曼的老棕熊。

德高望重的玛发阿浑啊，
你就担当总祀大玛发，
后学的妈妈我，
就做你的管灶锅头达。

你管祭祀，
我管牲供，
再虔诚请出——
　　翁克勒萨玛老爷爷。

别看他百龄耄耋出了头，
精神矍铄，
红光满面，
颔下的银须长髯，
飘在肚皮下；
罗圈腿的双脚，
走起来照样硬腾腾；
成年累月熟皮子的巧手，
照样麻溜溜。

说起话来大嗓门啊，
那可是雷公的锤子——

千里万里震耳聋，
无人不知，
谁人不晓，
尼雅玛大萨玛——
　　　翁克勒神爷爷。

世人皆知，
神爷擅用鲸皮鼓，
涉疆黑水，
泛舟北海，
捕来长鲸自蒙鼓，
自烧陶铃三百珠。

说起神爷爷敲响的神鼓，
那可是百神献媚百灵惊。
他敲出的鼓点啊——
　　　那是虎豹吼，
　　　那是百鸟鸣，
　　　那是百卉韵，
　　　那是江海吟，
　　　那是风云动，
　　　那是日月祥云颂。

老玛发就凭着他——
　　　千变万化、
　　　神秘莫测、
　　　卜幻吉凶、
　　　神迷痴醉的咚咚鼓声啊，
召来——
　　　阴天见日、
　　　枯枝生叶、
　　　涸溏生莲、
　　　穷林逐鹿、

江富鱼虾、
群神毕至、
万物葱茏、
一片生机。"

德高望重的老玛发，
欣然点头。
二老共议，
一拍即合：

"对呀，对。
事不宜迟，
必须马上请翁克勒大萨满，
献牲跳神。
凝心聚力，
抗拒洪魔，
重振朝气，
再创家园。"

尼雅玛所有晚辈族众，
靠着阖族二老，
临危筹谋和神圣威严，
迅即笼络住——
　　四分五散的族众，
迅即召唤回——
　　东躲西藏的儿孙。

将洪涛中，
悬梁欲死的人，
从树上抱下来；
将洪涛中，
躺在棺椁奄奄待毙者，
从水中拉起来；

让所有丧失希望的——
　　老哥老妹,
重新燃起——
　　生命的火花。

这时,
翁克勒老萨玛,
受命敲起了,
他的鲸皮神鼓。
这神鼓,
就像请来世界上最神奇的郎中。

鼓声——
　　比针灸,
　　比草药,
都神奇灵验,
马上治好了,
逃难人的恐水症;
马上安抚了,
逃难人的懦弱心。

洪水围困的萨哈连,
重新泛起高歌;
洪水围困的松阿里,
重新人欢马嘶。

十几天不见的——
　　生气回来了!
十几天不见的——
　　炊烟升起了!
十几天闻不到的——
　　菜香飘出来了!
十几天听不到的——

婴儿哭声传开了!

翁克勒老萨满,
跳神迎请——
驱邪救灾的奥克敦妈妈。
献上——
　　猪、
　　羊、
　　鹿、
　　鱼,
山果堆如山;
献上——
　　阖族的虔诚祈愿:

让洪水速速退净,
让族众重建家园,
世世安宁,
福寿永康。

这昊天的呼唤,
这震天的鼓声,
这虔诚的祈愿,
这赤诚的敬盼。

都在祈请,
满族世代的神母——
阿布卡赫赫最挚爱的侍女,
　　千万年智慧的化身,
　　哺育万牲的护神啊——
　　　　威武无敌的奥克敦妈妈。

在翁克勒老萨满的——
　　鲸皮神鼓声中,

在老穆昆的——
　　祈求声中，
在八十岁老妈妈的——
　　叩拜声中，
忽然江涛中跑来了
成千匹银蹄银鬃白龙马。

白龙马，
顿时变成——
　　　阖族的水上龙驹，
将洪涛中的灾民，
转眼间——
　　　全驮至安全的高岗上。

从此，
形成今日满族，
诸姓沿萨哈连和她的子孙河——
　　松阿里、
　　牡丹江、
　　乌苏里、
　　倭肯河、
　　呼兰河、
　　阿什河、
　　依秃河，
诸村落噶珊格局，
成为满族先民，
世世代代家园，
子孙繁衍，
直到如今。

满洲老姓各哈喇，
永生永世，
永远纪念——

奥克敦妈妈

　　慈祥勤勉的奥克敦妈妈,
年年奉祭,
亘古流芳。

奥克敦妈妈,
是满族萨满祭礼——
　　世代敬祀的妈妈主神,
是疾恶如仇的——
　　威武战神。

她与佛里佛多卧莫西妈妈,
同属姊妹尊神,
总理——
　　吉星高照,
　　社会安定,
　　福寿绵绵,
　　人丁老幼,
　　无忧无虑,
　　无病无灾。
　　猪羊牛马骡驴,
　　鸡鸭鹅狗众牲,
　　茁壮兴旺。

满族众姓,
为纪念奥克敦妈妈,
都在灶房西墙上,
高挂木雕的"七人八马",
象征她星夜离开世人,
急返天宫,
参与驱魔鏖战。

奥克敦妈妈,
是光明神,

是驱夜神。
相传魔鬼耶鲁里，
惧怕光明，
总在黑夜作祟。
故每当祭祀，
都在夜深，
迎请奥克敦妈妈降临神堂，
享受族人的献酌。

尼雅玛，
为永世牢记——
　　奥克敦妈妈、
　　沙克沙、
　　莫林的恩情，
又世世代代，
在萨满神祭中，
传袭神圣的——
　　敬鹊和马神祭礼俗。

各族各姓，
祭前制索莫杆，
上装锡斗谷穗，
敬祀乌鹊。

在群马中，
精选最健壮骏马，
备作祭用马，
尾上挂绸条，
阖族虔诚饲养，
献奥克敦妈妈骑用。

萨玛——
　　马祭，

乌鹊祭，
永祀不衰。

人类擅驭骏马，
奥克敦妈妈传授。
欲想缩短大地间的距离，
要靠骏马飞驰的速度，
就要有驯驭骏马的本领和胆识。
像奥克敦妈妈一样，
身骑两匹烈马，
巡行天地之间。

奥克敦妈妈——
　　　是畜牧神，
　　　是兴旺神，
　　　是理财神，
　　　是保家神。

神威无敌的——
　　　奥克敦妈妈！

后　记

　　2013年7月,我的国家社会科学基金项目"满族原始神话谱系及其历史演变研究"开题时,有幸请到富育光先生前来指导。就是在这次活动中,我从富老口中得知他那里还有一部重要的神话题材的说部作品,要在第三批"满族口头遗产传统说部丛书"中出版,这就是《奥克敦妈妈》。

　　富老当时正在准备国际萨满教会议的论文,还有大量整理和指导第三批满族说部书稿的事务,十分繁忙。知道我做神话方面的课题,富老十分高兴,希望我能够整理《奥克敦妈妈》。之后,我在富老家中见到了《奥克敦妈妈》的部分记录稿。不久,富老便将全部记录稿交给我,并已经写好了"传承概述"。富老告诉我,"传承概述"是草就的,出版前他再改定。果然,待我整理完文本,富老改定了书前的《满族传统给孙"乌勒本"——〈奥克敦妈妈〉传承概述》。"概述部分"的修订虽然有三四次,但每次只是动几句话,甚至几个字。从中可见,富老交给我的,是十分成熟的稿子。我对《奥克敦妈妈》所做的"整理"工作主要是划分段落、核对词语、校对文字、编辑目录。

　　至今还记得第一次阅读这部说部时所受到的震撼,"引歌"中"为迎迓,/慈祥的圣母妈妈降临,/祖先留下的古老乌春,/我抖抖精神唱起来",已经令我热血澎湃;读至"序歌"中"只听白发爷爷一声令,/俊俏的格格们扯篷帆,/健壮的哈哈们齐划桨。/九艘帆船像九支离弦箭儿,/瞬间冲进了大江心……"更是激动不已。我想,能够如此感动我的"乌勒本",一定也会吸引和感动更多的人,而能够令人心动的口传作品本身,一定也积淀着一代代传承者深厚的情感和虔诚的信念。

　　自满族说部大批次刊布于世后,学界最感兴趣的就是《天宫大战》《乌布西奔妈妈》《恩切布库》和《西林安班玛发》这四部神话题材的作品。《奥克敦妈妈》的公布,使说部当中神话题材的文本更加丰富,也更加完整,无论对于喜爱满族说部的读者还是对于关心满族说部的研究者而言,都是值得欣喜的事。以我个人的看法,与先此刊布的其他四部神话题材的"乌勒本"相比,《奥克敦妈妈》既有与上述说部一致的"创世""救世"内容,又有极其特殊之处:

第一,从人物的角度看,其他四部神话题材的满族说部的主人公在当代满族的宗教生活中都难以寻觅到踪迹,而奥克敦妈妈,即奥都妈妈,是至今仍然在满族民间祭祀活动中普遍祭奠的重要神祇。

第二,从内容的角度看,"山中跑来一个小怪物""奥克敦妈妈传授弯弓盘马",以神话的方式,讲述了满族先世驯化马匹、发明驭马技能的故事,这是其他说部所没有的内容;《芒嘎拉霍通之战》讲述了为争夺生活资源而进行的部落战争,与其他说部所涉及的部落战争相比,又有新的内容。

第三,从说部类型研究的角度看,它提供了又一部"给孙乌勒本"范本。

第四,从萨满教研究的角度看,对于研究"背灯祭"的来源、仪礼、功能等,具有重要的参考价值。

因此,《奥克敦妈妈》的价值,绝不局限于满族说部研究和神话学领域,而对于满族及其先世的精神信仰、历史生活、文化演进,以及宗教学、人类学、历史学、民俗学、民族学、文学、语言学等学科的相关研究,同样具有极其重要的意义。

希望我所做的工作能够不负富老的嘱托,希望大家能够如我一样重视和喜欢这部"乌勒本"。

王 卓
2014 年 3 月 3 日

富育光小传

富育光,满族,1933年5月生,黑龙江省瑷珲县人,1958年毕业于东北人民大学(现吉林大学)中文系,毕业后被分配到中国社会科学院吉林省分院文学研究所,投身于民间口碑文学挖掘、搜集与研究工作。1984年9月,由吉林人民出版社出版了其搜集整理的满族传说故事选《七彩神火》。这是中华人民共和国成立以来,我国最早的一部满族传说故事选,受到国内外好评。1986年2月,由中国民间文艺出版社出版了其与他人合作整理的《康熙的传说》。1989年2月,由中国文联出版社出版了其与他人合作整理的满族传说《风流罕王秘传》。

富育光曾任吉林省民间文艺家协会理事、副理事长,现为吉林省民族研究所研究员、中国社会科学院民族文学研究所萨满文学研究中心顾问、长春师范大学萨满文化研究所名誉所长、吉林省民俗学会名誉理事长;1993年起享受国务院颁发社会科学有突出贡献政府特殊津贴;曾承担和主持国家"八五""九五"萨满教研究课题,参与国家"十五"社会科学基金项目《满族史诗〈乌布西奔妈妈〉研究》;独立或合作出版、发表萨满文化研究专著及论文集六部、民族文化研究编著二十余部、论文七十余篇。

王卓小传

  王卓，汉族，1963年生，吉林省吉林市人，吉林省社会科学院研究员、《东北史地》杂志社主编，主要从事清代满族文学与东北地域文化研究。主持国家哲学社会科学基金课题"满族创世神话谱系及历史演变研究"、吉林省教育厅课题"吉林省非物质文化产业化问题研究"、吉林省社会科学规划委托课题"吉林省古代文学作品辑录"等，作为研究骨干参加国家社会科学基金课题"文学史方法论及其实践"、国务院东北振兴办课题"东北优秀文化整理与传播"、吉林省社会科学规划委托课题"吉林省历史文化资源名录"等。先后出版《清代东北满族文学研究》（专著）、《文学史方法论》（合著）、《东北文学史论》（合著）等学术著作7部，作为第一副主编编辑出版《吉林省历史文化资源名录》、八卷本"东北地域文化论丛"等6套，代表性论文《纳兰性德词个性寻源》《〈红楼梦〉人物谱系的神话原型追索》《清代满族文人文学与民间文学的分野》等，入选为"近百年清词研究代表作""2006年中国史研究代表作"等，并有作品入选《中国学术年鉴》（人文社会科学版）。科研成果曾获吉林省社会科学二等奖、吉林省社会科学院优秀科研成果特等奖等奖项。

图书在版编目(CIP)数据

奥克敦妈妈 / 富育光讲述；王卓整理. -- 长春：吉林人民出版社, 2018.8

（满族口头遗产传统说部丛书）

ISBN 978-7-206-15271-9

Ⅰ.①奥… Ⅱ.①富… ②王… Ⅲ.①满族-民间故事-中国 Ⅳ.①I277.3

中国版本图书馆CIP数据核字(2018)第189145号

奥克敦妈妈
AOKEDUN MAMA

丛书主编：谷长春　　　　出品人：林 毅
讲述者：富育光　　　　　责任编辑：赵梁爽
整理者：王 卓　　　　　装帧设计：张 娜 杨 硕
吉林人民出版社出版 发行（长春市人民大街7548号 邮政编码：130022）
印刷：天津画中画印刷有限公司
开本：670mm×970mm　　1/16
印张：10.25　　　　　　字数：180千字
标准书号：ISBN 978-7-206-15271-9
版次：2018年8月第1版　　印次：2021年1月第2次印刷
定价：32.00元

如发现印装质量问题，影响阅读，请与出版社联系调换。